JLPT
新日檢
文法
實力養成

N2篇

內附
MP3音檔 + 模擬試題暨詳解

EZCourse／YOTTA／Hahow／
VoiceTube Vclass日檢人氣名師　**Hiroshi** 著

第一篇・觀念養成

PART 1. 重點文法

PART 2. 句型①：依型態分類

一、同類型態家族

第二篇・日檢實戰

全書音檔線上聽

PART

1

基本觀念

口語文法 🎧001

ら抜き（去掉ら的變化）

口語中第二類動詞可能形的られる常會拿掉ら。雖然日本現在仍不認可這是正確說法，但在口語使用上相當普遍。

原形	口語	原形	口語
食べられる	食べれる	寝られる	寝れる
来られる	来れる	考えられる	考えれる
着られる	着れる	起きられる	起きれる
見られる	見れる	降りられる	降りれる

- パクチーが入ってるけど、食べられる？
  ⇒パクチーが入ってるけど、食べれる？
  裡面有香菜，你可以吃嗎？

- 今は仕事のことしか考えられない。
  ⇒今は仕事のことしか考えれない。
  我現在只能思考工作的事情。

- 寒くなると朝はなかなか起きられなくて困る。
  ⇒寒くなると朝はなかなか起きれなくて困る。
  一冷的話早上就起不來很困擾。

- ネットフリックスでは日本のアニメも見られるよ。
  ⇒ネットフリックスでは日本のアニメも見れるよ。
  在 Netflix 上面也可以看日本的動畫喔。

～な（命令）

肯定命令：ます形＋な（「～なさい」改為「～な」）、否定命令：辞書形＋な。

- 騙<small>だま</small>されたと思<small>おも</small>って食<small>た</small>べてみな！本当<small>ほんとう</small>においしいよ。
  就當作被我騙吃吃看，真的很好吃喔！

- またセクハラされた？そんな会社<small>かいしゃ</small>、さっさと辞<small>や</small>めちゃいなよ。
  你又被性騷擾了嗎？那種公司快點辭掉了啦。

- ヒロシ社<small>しゃ</small>に就職<small>しゅうしょく</small>するならもう帰<small>かえ</small>ってくるな！
  你要去 Hiroshi 公司上班的話，就不要回來了！

- 来<small>く</small>るな！動<small>うご</small>いたら撃<small>う</small>つぞ！
  不要過來！敢動的話我就開槍喔！

ても⇒たって、でも⇒だって（即便）

動詞た形＋って、い形容詞~~い~~＋くたって、な形容詞／名詞＋だって。

- いまさらそんなこと言<small>い</small>ったって、もう何<small>なん</small>の意味<small>いみ</small>もないと思<small>おも</small>うよ。
  事到如今再說那種話，已經沒有任何意義了。

- ヒロシの写真集<small>しゃしんしゅう</small>は、安<small>やす</small>くたって買<small>か</small>わないよ。
  Hiroshi 的寫真集，就算便宜我也不會買。

- プロ選手<small>せんしゅ</small>だって人間<small>にんげん</small>だから、試合<small>しあい</small>に出<small>で</small>ると緊張<small>きんちょう</small>する。
  就算是職業選手也是人，出場比賽還是會緊張的。

- 貧乏<small>びんぼう</small>だって、好<small>す</small>きな人<small>ひと</small>と幸<small>しあわ</small>せに暮<small>く</small>らすことができる。
  就算貧窮，還是可以跟喜歡的人幸福生活的。

～っけ（自問、確認）

常體＋っけ，用於自言自語、或向對方確認不確定的事。常用過去式代表不確定語氣，也常使用「～ましたっけ」與「～でしたっけ」的形式。

- この子、誰だっけ？＝この子、誰だったっけ？
  這孩子是誰啊？

- 俺、さっき何をしようとしてたっけ？
  我剛剛是想要做什麼啊？

- 君とどこかで会ったっけ？
  我跟你在哪邊見過嗎？

- 締め切りは来週の金曜日でしたっけ？
  期限是下週五來著？

～ってば、～ったら（說起、講到）

常體＋ってば／ったら。な形容詞及名詞現在肯定可不加だ。相當口語，適合對熟人使用。有以下兩種用法：①提出一個話題來批判，或表達不滿、傻眼。也常用「～ときたら」②向對方提出訴求，帶有煩躁語氣。

＊用法①

- お父さんってば、裸で家の中を歩き回らないでよ！
  我說老爸啊，不要裸體在家裡走來走去好嗎！

- お兄さんってば、また公園で寝ているよ。
  說到我哥，他又在公園睡覺了。

- うちの旦那ったら、いつも私の誕生日を忘れてしまうので腹が立つ。
  說到我家老公啊，他總是忘記我生日真令人生氣。

- うちの息子ときたら、試験が迫ってきているのに漫画ばかり読んでるの。
  說到我家兒子，明明就快考試了，卻一直在看漫畫。

＊用法②

- 分かったってば！何回言ったら気が済むの？

  我就說知道了啊！你要講幾次才開心啊？

- だから嫌だってば、本当にしつこいね。

  我就說不要了呀！真是很盧耶！

- A:「まずはこのボタンを押して、このデバイスを選んで、そして解像度を調整して…」

  B:「ちょっと待ってってば！ゆっくり言ってよ。」

  A:「首先先按這個鍵，接著選這個裝置，然後調整解析度……」

  B:「就叫你等一下了啊！慢慢講啦。」

- A:「あの人は確かヒロシ先生だったよね？」

  B:「違うってば。ヒロシ先生は、イケメンだよ。」

  A:「那個人是 Hiroshi 老師吧？」

  B:「就說不是了啊！Hiroshi 老師很帥耶！」

敬語常考句型 🎧002

承蒙、請求對方許可的句型

1. 〜せていただく

意思是「請讓我〜」。用於正式場合，表達自身即將進行的動作。

- これで失礼_{しつれい}させていただきます。
  那我先離開了。

- 入場券_{にゅうじょうけん}を確認_{かくにん}させていただきます。
  請讓我幫你驗票（我來驗票）。

- 状況_{じょうきょう}が分_わかり次第_{しだい}、こちらから連絡_{れんらく}させていただきます。
  狀況一明朗，我們會與您聯絡。

2. 〜せてくださいませんか？

意思是「可以讓我（們）〜嗎？」

- 私_{わたし}にも発言_{はつげん}させてくださいませんか？
  請問能否讓我也說一句話？

3. ～せていただけませんか？

意思是「可以承蒙您讓我（們）～嗎？」。其他說法如下：

　　～せていただけないでしょうか？

　　～せていただけませんでしょうか？

・仕様変更に関しては、内部で検討させていただけませんでしょうか？

　關於規格變更一事，能否讓我們內部討論一下呢？

4. ～せていただいてもよろしいですか？

意思是「承蒙您讓我（們）～也沒問題嗎？」。其他說法如下：

　　～せていただいてもよろしいでしょうか？

　　～せていただいても差し支えないでしょうか？

・その件に関してもうちょっと詳しく聞かせていただいてもよろしいでしょうか？

　關於那件事，能否再讓我問詳細一點呢？

承蒙、拜託別人協助的句型

1. ～ていただく、お／ご～いただく

意思是「承蒙您為我～」。其中お／ご～いただく適用於漢語、ます形。商業環境中常將句尾改為可能形いただける，來告知客人能否做某事。

- 部長に出張報告書の書き方を教えていただきました。
  承蒙部長教我寫出差報告書的方法。

- 応援していただき、ありがたく存じます。
  感謝您為我加油。

- Wifi は無料でご利用いただけます。
  Wifi 可以（承蒙您）免費使用。

2. ～てくださいませんか、お／ご～ください

意思是「可以幫我～嗎？」。お／ご～ください適用於漢語、ます形。

- パスポートをご提示ください。
  請出示護照。

- 新しい機種のデザインについても説明してくださいませんか。
  能否也針對新機種的設計為我們說明一下呢？

3. ～ていただけますか

意思是「可以承蒙您～嗎？」。與「お／ご（漢語、ます形）」搭配時，則為「お／ご（漢語、ます形）＋いただけますか」。句尾還有其他變化，如：肯定／否定、常體／敬體，及是否加上更禮貌的でしょうか。其他說法如下：

　～ていただけませんか？

　～いただけるでしょうか？（肯定形）　／～ていただけないでしょうか？（否定形）

　～いただけますでしょうか？（肯定形）　／～ていただけませんでしょうか？（否定形）

與「お／ご（漢語、ます形）」的搭配如下：

お／ご（漢語、ます形）＋いただけますか？／いただけませんか？

お／ご（漢語、ます形）＋いただけるでしょうか？／いただけないでしょうか？

お／ご（漢語、ます形）＋いただけますでしょうか？／いただけませんでしょうか？

- お手数ですが、もう一度確認していただけますか？
  不好意思麻煩您，可以請您再確認一次嗎？

- お名前とメールアドレスをお教えいただけますでしょうか？
  可以告訴我您的名字及電子信箱嗎？

4. お／ご～願います

意思是「可以承蒙您～嗎？」。適用於漢語、ます形。其他句尾變化：

　　お／ご（漢語、ます形）＋いただきます／ください

　　お／ご（漢語、ます形）＋願えますか／願えませんか？

　　お／ご（漢語、ます形）＋願えますでしょうか／願えませんでしょうか？

- 詳しい話をお聞きしたいので、署までご同行願います。
  想問您一些細節，請您跟我來警局一趟。

- お手数ですが、迷惑メールフォルダをご確認願えますでしょうか。
  不好意思麻煩您，可以請您確認一下垃圾郵件匣嗎？

5. 〜いただければと思います

此句型原意為「若可以〜就太好了」，但常省略「就太好了」的部分直接加上「〜と思います」。其他句尾變化：

> 〜ていただければ幸いに存じます（若能承蒙您〜就太好了）
>
> 〜くださればと思います（若您可以為我們〜就太好了）
>
> お〜できればと思います（我若可以向您〜就太好了）

- お時間がございましたら、ぜひご参加いただければと思います。
  若有時間希望您可以參加。

- 小林会長にご挨拶をお願いできればと思います。
  不知道能否請小林會長為我們說幾句話。

ます形的變化

與日常用的「て形」「常體＋ので」「たら型」不同，在極為正式禮貌的場景中（如服務業、廣播等），會使用「ます、です」做句尾或接續的變化。如初次見面的「初めまして〜」、或祝對方新年快樂的「明けましておめでとう」。常見的有：

> 〜まして／〜でして
>
> 〜ますので／〜ですので
>
> 〜ましたら／でしたら
>
> 〜んでしたら／〜のでしたら
>
> 〜ますと／〜ですと

- 本日は、お忙しい中お越しくださいまして、誠にありがとうございます。
  今天非常感謝各位百忙之中前來。

・来月、本社で説明会を行いますので、お時間がございましたらぜひご参加ください。

> 下個月將在總公司舉辦說明會，有時間的話請務必參加。

・すみません、このコップは今品切れ中でして、似たデザインのコップでしたらそちらにございます。

> 不好意思，這個杯子現在缺貨中，如果是類似設計的杯子那邊有。

・お客様、何度もご説明しましたが、食べかけのドーナッツは返品できません。お帰りいただけないのでしたら、警察を呼ばせていただきますよ。

> 這位客人啊，我說過很多次了，吃到一半的甜甜圈不能退貨。如果您不回去的話，我要叫警察了喔！

・次は京都、京都です。京都を出ますと、名古屋に停まります。

> 下一站是京都，京都。離開京都後，下一站停名古屋。

である 003

基本用法

「である体」是常體的一種，用於論文、報告、社論等論說文中。文學作品也不乏「である体」，如夏目漱石名作『吾輩は猫である（我是貓）』。注意「だ体」口語及書面都能使用，而「である体」因語氣較鄭重且客觀通常只用於書面。另外，「である体」也可使用敬體形式，通常用於軍人及政治人物談話，或用於祈求。

- 自分はヒロシ軍団一等兵であります。
  我是 Hiroshi 軍團一等兵。

- （ヒロシ首相）コロナの感染状況は、依然として収束の兆しが見えない状況であります。
  （Hiroshi 首相）新冠疫情的感染狀況，目前仍然是看不到趨緩徵兆的情況。

- 来年はよりいい年でありますように。
  祈求明年是更好的一年。

 比較 「台灣的首都是台北」的三種說法
① 台湾の首都は台北です。　　＊敬體文
② 台湾の首都は台北だ。　　＊常體文，口語及文章均可使用
③ 台湾の首都は台北である。　　＊常體文、論文體，比「だ」生硬莊重

Level UP

です、だ、である三者除了語氣不同，である還可使用「〜である＋名詞」修飾名詞，特別是同位語用法。

- 先生である私にとって、教え子の成功は自分の成功とも言える。
  對身為老師的我來說，學生的成功也可說是自己的成功。

である的變化方式與常見句型

である前接名詞或な形容詞，句尾變化方式：現在肯定「である」、過去肯定「であった」。否定時句尾與だ文體相同：現在否定「ではない」、過去否定「ではなかった」。

名詞

時態	文体	肯定	否定
現在	です、ます体	_{がくせい}学生です	_{がくせい}学生ではありません
	だ体	_{がくせい}学生だ	_{がくせい}学生ではない
	である体	_{がくせい}学生である	_{がくせい}学生ではない
過去	です、ます体	_{がくせい}学生でした	_{がくせい}学生ではありませんでした
	だ体	_{がくせい}学生だった	_{がくせい}学生ではなかった
	である体	_{がくせい}学生であった	_{がくせい}学生ではなかった

な形容詞

時態	文体	肯定	否定
現在	です、ます体	_{にぎ}賑やかです	_{にぎ}賑やかではありません
	だ体	_{にぎ}賑やかだ	_{にぎ}賑やかではない
	である体	_{にぎ}賑やかである	_{にぎ}賑やかではない
過去	です、ます体	_{にぎ}賑やかでした	_{にぎ}賑やかではありませんでした
	だ体	_{にぎ}賑やかだった	_{にぎ}賑やかではなかった
	である体	_{にぎ}賑やかであった	_{にぎ}賑やかではなかった

1. ～でもあり、～でもある（既是～也是～）

述語並列必須使用此句型。

- 彼は私の先生でもあり、親友でもある。
  他既是我的老師，也是我的好友。

  ×）彼は私の先生だ。彼も私の親友だ。

2. ～でしかない（也只不過是～）

將「しか（只）」插入「である（是）」中間，句尾改為否定。

- N1 合格はスタート地点でしかない。
  N1 合格只是起跑點而已。

3. ～であって、…（那是～，…）

- それは事故であって、殺人ではない。
  那是意外事故，並不是殺人。

4. ～ではあるが、…（是～沒錯，但…）

將表示對比的「は」放入「であるが」中，對比前方狀況。

- このミッションは困難ではあるが、不可能ではない。
  這項任務是困難沒錯，但並非不可能。

5. ～であり

與第～であって同義，只是改為連用終止型更書面與正式。

- 勝ち負けは単なる結果であり、一番重要なのは自分のベストを出せたか
どうかである。
勝負只是結果，最重要的是有沒有發揮自己最好的一面。

6. ～でありながら（儘管是～）

「である」加上表示逆接的「ながら」。

- あの先生は英語の先生でありながら、英語があまり話せない。
那個老師雖然是英文老師，但英文卻不太會說。

7. ～であっても（就算是～）

- 名門大学の教授であっても、試験でいい点数が取れるとは限らない。
就算是頂尖大學的教授，也不見得可以在考試中得到高分。

8. ～であり続ける（一直保持～）

- 健康であり続けるには、バランスの取れた食事は欠かせない。
想要維持健康，均衡的飲食是不可或缺的。

9. ～でありたい （想要身爲～）

- 年を取っても、常に新しいことにチャレンジする人でありたい。
  我希望自己就算上了年紀，還是一個常常挑戰新事物的人。

10. ～であろうと （不管是～）

- 相手が誰であろうと、最後まで戦い抜くつもりだ。
  不管對手是誰，我都打算戰到最後。

11. ～であること ≒ ～だということ （～這件事）

用「である」修飾後面的「こと」。

- 自分が先生であることを忘れてはならない。
  ≒自分が先生だということを忘れてはならない。
  不可以忘記自己是老師這件事。

12. ～のである ≒ ～のだ

主張的語氣「～のだ」可換為更書面的「～のである」

- 自分らしく生きられない人は、不幸なのである。
  ≒自分らしく生きられない人は、不幸なのだ。
  不能活得像自己的人，是不幸的。

考點 4

多義字「する」 🎧004

現象或知覺

任何味道、聲音、感覺等感官刺激，通常用「～がする」。

- このミルクティーは変な味がする。
  這奶茶有怪味道。

- ねえ、起きて！隣の部屋でなんか音がしたよ。泥棒かな？
  欸，快起來！旁邊的房間好像有什麼聲音，不知道是不是小偷。

- 何かが焦げたような臭いがする。一体なんだろう。
  有東西燒焦的味道，到底是什麼？

- 課長の顔を見るだけで吐き気がする。
  只要看到課長的臉，我就想吐。

- いいことが起こりそうな気がする。
  有一種會發生好事的預感。

樣態或性質

與副詞或擬聲擬態語合用，表達某種狀態。有些副詞後方習慣加上「と」才與「する」連接。

- あっさりしたラーメンより、こってりしたラーメンが好きだ。
  比起清淡的拉麵，我比較喜歡油脂多的拉麵。

- 別にどこにも行っていないよ。駅前をぶらぶらしただけ。
  我沒有特別去哪裡。只是在車站前閒逛而已。

- ぼんやりとした不安が頭をよぎることはよくあります。
  常會有莫名的不安閃過大腦。

- ママ、星がキラキラしているよ。1つ取ってもらえる？
  媽咪，星星一閃一閃的耶。可以摘一顆給我嗎？

所需價格或時間

- この絵が 50 万円もするの？高すぎない？
  這幅畫要價五十萬日幣啊？會不會太貴啊？

- 1年もすれば忘れるだろうと思っていたが、なかなか忘れられない。
  想說過了一年應該就會忘記，但一直忘不掉。

- 入社して1年もしないうちに、首になってしまった。
  進公司不到一年就被解雇了。

從事某職業或擔任某角色

- 私はヒロシ航空でキャビンアテンダントをしている。
  我在 Hiroshi 航空當空服員。

- 父はコンビニの店長をしている。
  爸爸是便利商店的店長。

- 本日のモデレーターをさせていただく林です。
  我是今天的會議主持人，敝姓林。

具備某性質、外觀、或特徵

- クレヨンしんちゃんのお父さんは四角い顔をしている。
  蠟筆小新的爸爸是國字臉。

- 怖い顔をした男に道を尋ねられた。
  我被一個長相很可怕的男人問路。

- 青い目をした外国人に告白された。
  我被一個藍眼睛的外國人告白。

- 探偵事務所でメガネをしたチビ探偵と知り合いました。
  我在偵探事務所認識了一位戴著眼鏡的小不點偵探。

- バレンタインデーにハートの形をしたチョコレートを彼氏にあげました。
  我在情人節送給男友心型的巧克力。

意涵較模糊的用法

正式場合或新聞媒體播報常使用「～とする」避免斷定並緩和語氣，常見意涵包含判斷、認為、說明、主張，需由上下文判斷文義。

- 3項目のうち、1項目でも得点が最低基準に満たない場合は不合格とする。
  三個項目中，只要有一個沒達到最低標準就判定為不合格。

- 警察は、住宅に火をつけたとして放火の疑いで小林容疑者を逮捕した。
  警方認定小林嫌犯在住宅縱火，而以縱火的嫌疑將其逮捕。

- お茶は体にいいとされているが、飲みすぎてしまうと睡眠の質に影響しかねません。
  茶被認為對身體很好，但喝太多可能會影響睡眠品質。

- ヒロシ社は、すべての従業員にワクチン接種を義務付けるとしています。
  Hiroshi 公司表示將強制所有員工接種疫苗。

假設

- おもりの質量を m、重力加速度を g とする。紐にかかる張力 T を求めなさい。
  假設砝碼的重量為 m，重力加速度為 g，試求繩上作用的張力 T。

- その情報が本当だったとしても、株価にはあまり影響しないだろう。
  就算那資訊是真的，應該也不太會影響股價吧。

- もし私がその場にいたとしたら、怖くて何もできなかっただろう。
  如果我在現場的話，應該會太害怕而什麼都做不了吧。

逆接句型 🎧005

1. ～ながら（も）／～つつ

> 「～ながら」N4 時學過，表示同時進行。此節介紹其延伸的逆接用法，表示「儘管～卻同時也～」。接續方式為：
>
> **動詞ます形＋ながら**
>
> **い形容詞い＋ながら**
>
> **な形容詞な＋ながら**
>
> **名詞＋ながら**

- 少年は違法行為だと知っていながら、詐欺に加担してしまった。
  少年明知這是違法行為，卻還是參與了詐欺。

- 彼はあれほどの才能がありながら、自堕落な生活を送っている。
  他明明就這麼有才華，卻過著自甘墮落的生活。

- この地域の住民は貧しいながらも楽しい生活を送っている。
  這區域的居民雖然貧窮，但仍過著快樂的生活。

- 残念ながら、私は御社のようなブラック企業に入るつもりはありません。
  很遺憾我並沒有打算加入貴公司這種黑心企業。

Level UP

ながら常用片語：

- 遅まきながら、ヒロシ社も電気自動車の市場に参入した。
  雖說有點晚了，Hiroshi 公司也加入了電動車市場。

- 彼女は、日本語の教師でありながら日本語を流暢に話せない。

  僅管她是日文老師，卻無法流暢地說日文。

- みんな平等であるとは言いながら、不公平なことがたくさんある。

  雖然都說人人皆平等，但還是很多不公平的事情。

- これは私が半年かけて完成させた油絵です。我ながら綺麗に描けたと思います。

  這是我花了半年完成的油畫。就連我自己都覺得畫得很漂亮。

2. ～ながらに（して）

表示「在某狀態下」，可想成是這個狀態下同時～。

- 彼女は生まれながらにして音楽の才能がある。

  她天生就具有音樂的才能。

- ウェブ会議アプリのおかげで、家にいながらにして会議通訳ができるようになった。

  多虧網路視訊會議 APP，現在在家就可以進行會議口譯了。

Level UP

除了逆接的用法之外，「～ながら」也有維持某狀態的意涵。

- 私は昔ながらのたたずまいが残っている京都が一番好きです。

  我最喜歡現今仍保留著從前氛圍的京都了。

- 彼は自分の失敗談を涙ながらに語った。

  他哭著說出自己的失敗經驗。

3. ～つつ（も）

與「～ながら」同樣表示同時進行、或「儘管…卻」的逆接語氣，但較生硬。
注意：「ながら」的慣用句及な形容詞、名詞逆接不可換成「つつ」。

- 時代のトレンドを考えつつ、事業の方向性を決めたいと思う。
  我想要一邊思考時代的潮流，一邊決定事業的走向。
- 東京での生活をエンジョイしつつ、日本語の勉強に励んでいます。
  我一邊享受著東京的生活，一邊努力學習日文。
- 夜更かしが健康に悪いと思いつつも、夜型の生活はなかなか変えられない。
  儘管覺得熬夜對健康不好，但還是很難改變夜貓子生活。
- 試験が迫ってきていると知りつつも、なかなか勉強に集中できない。
  明知道考試快到了，還是無法集中精神讀書。

4. 動詞た形＋ところで

表示「就算這樣做了，仍然……」。

- 今さら謝ったところで、許してもらえないと思う。
  事到如今就算道歉，我想也無法挽回了。
- 今から駆け付けたところで、試合はもう終わっているだろう。
  就算現在趕去，比賽也已經結束了吧。
- 本当のことを言ったところで、誰も信じてくれないでしょう。
  就算我說真話，也不會有人相信我吧！
- 殺人犯を死刑にしたところで、被害者は生き返らない。
  就算判殺人犯死刑，被害人也不會復活。

5. ～てでも

動詞「て形」後方加代表「就算是這樣」的「でも」，強化「無論如何都要做某事」的語氣。

- 汚い手を使ってでもデスノートを奪い返します。
  就算用下三濫的手段也要把死亡筆記本搶回來。

- 命をかけてでも我が子の命を守ります。
  就算賭上性命，我也要保護我孩子的性命。

- 4年に一度のオリンピックだから、多少無理をしてでも試合に出たい。
  奧運4年才辦一次，所以就算稍微勉強自己還是想出賽。

- 借金してでも TSMC の株を買いたいと思います。
  就算去借錢我也要買台積電的股票。

Level UP

「～てでも」語氣比「～ても」強，只適用於表達「就算做到～的地步也要…」的語境，其他表示單純逆接的句子不能使用。

- 10万元払ってでも／払っても、ヒロシのコンサートに行きたい。
  就算付十萬，我也要去 Hiroshi 的演唱會。

- 健康は、金を払ってでも（×）／払っても、買えないものです。
  健康是就算花錢也買不到的東西。

特殊句型 🎧006

省略

> ① 「うなぎ文（鰻魚文）」：透過省略掉不需要的部份形成「A は B だ」的結構。例如：「何を注文する？」「私はウナギだ。」（「你點了什麼？」「鰻魚。」）。如果直譯「私はウナギだ。」會變成「我是鰻魚」。但這句話是要表示「私はウナギにする（我決定要鰻魚。）」或「私が食べたいのはウナギだ（我想吃的是鰻魚。）」，只是透過省略形成「私はウナギだ」。同樣的，要說自己住 607 號房，可以說「私は607号室です」。
>
> ② 「こんにゃく文（蒟蒻文）」：例如「こんにゃくは太らない。」（蒟蒻不會胖）。這句話也省略了一些細節，原本是「こんにゃくは、食べても（食べた人が）太らない食べ物だ（蒟蒻是一種吃了也不會胖的食物）」。我們平時說中文也很常使用這種技巧讓句子簡潔。以下介紹其他類似省略用法。

- 社長は 12 時まで会議です。
  ＝社長は 12 時まで会議に出ています。
  社長要開會到 12 點。

- 友達のほとんどは iPhone を使っていますが、私はソニーだ。
  ＝私はソニーを使っています。
  我的朋友大多都用 iPhone，但我是用 SONY。

- A:「連日の残業でもうへとへとだよ。」　B:「僕もだよ。」
  ＝僕も残業でへとへとだよ。
  A:「連續好幾天加班，我已經精疲力盡了。」 B:「我也是。」

- A:「東京は初めてですか？」
  B:「いや、彼はそうですが、私は 2 回目です。」
  ＝初めて来ましたか；2 回目に来ました
  A:「東京你是第一次來嗎？」 B:「不，他是第一次，但我是第二次了。」

・明日は準決勝だ。一緒に頑張ろう！
＝明日は準決勝の日だ。
明天是準決賽。一起加油吧。

名詞止め

為了簡潔，標題及新聞報導常使用。例如新聞畫面停在睡午覺的貓熊上，這時候可以
用「気持ちよさそうに昼寝をしているパンダ（似乎午睡得很舒服的一隻熊貓）」作
為開場白，因為畫面焦點放在貓熊上，所以把修飾的詞語全部堆加在名詞前也不造成
理解困難，而不加上句尾的「です」讓句子更簡潔。

・記者会見で怒りをあらわにしたヒロシ選手。
＝ヒロシ選手が記者会見で怒りをあらわにしました。
在記者會上顯露怒氣的 Hiroshi 選手。

・やろうと思ってもなかなかできない早寝早起き。
＝早寝早起きはやろうと思ってもなかなかできない。
就算想做也很難實現的早睡早起。

・山火事発生から1週間。
＝山火事発生から1週間が経ちました。
森林火災發生後過了一週。

・激しく燃え上がる炎。空を覆う黒煙。 ＊為了簡潔不用進行式
＝炎が激しく燃え上がっている。黒煙が空を覆っている。
熊熊烈火不斷燃燒。黑煙佈滿天空。

Level UP

新聞標題及履歷表上也常使用此方式精簡字數。標題或條列式敘述時，常省略助詞，後面
的動詞常只保留名詞部分。

・ボランティア活動 10 年以上ネパール滞在

　＝ボランティア活動で、10 年以上ネパールに滞在した。

　因為志工活動，在尼泊爾待了十年以上。

・感染拡大 警戒レベル 3 に引き上げ

　＝感染拡大で、政府が警戒レベルをレベル 3 に引き上げた。

　政府因為感染擴大將警戒層級提高到三級。

・米 FRB 議長 5 月の利上げ見送りを示唆

　＝米 FRB 議長が 5 月の利上げ見送りを示唆した。

　美國聯準會主席暗示五月暫不升息。

・日本語能力試験 N1 合格

　＝日本語能力試験 N1 に合格している。

　日檢 N1 合格。

連用中止形

連用中止形相對於口語常用的「て形」給人更隆重客觀的感覺，適合文章及正式場合。
特別常用於並列、事件前後關係、動作順序說明、主題背景論述、對比等內容敘述。
各詞性接續方式與否定形變化如下：

　　動詞：ます形去掉ます　　ex. 降ります→降り

　　い形容詞：去掉い＋く　　ex. 寒い→寒く

　　な形容詞：去掉な＋で／であり　　ex. 綺麗な→綺麗で、綺麗であり

　　名詞：＋で／であり　　ex. 大学生→大学生で、大学生であり

　　否定：なくて→ず、ないで→ず／ずに

＊特例：

　　しなくて→せず

　　しないで→せずに

　　〜ていて→〜ており

　　〜ていなくて→〜ておらず

- 現地メディアの発表によりますと、19日夜9時ごろ、ヒロシ島にあるワハハ火山が噴火して、流れ込んだ溶岩で周辺の住宅地が大きな被害を受けたということです。　⇒噴火し

根據當地媒體的報導，19日晚上9點左右，Hiroshi島上的Wahaha火山噴發，周邊的住宅區因為流入的岩漿受到了很大的損害。

- 人は生まれながらにしてみな平等で／であって、自分の幸せを追求する権利がある。　⇒平等で／であり

人們生而平等，都有追求自己幸福的權利。

- バレンシアは物価が安くてしかも治安がいいので、旅行先として人気が高いです。　⇒安く

瓦倫西亞物價便宜，而且治安很好，是一個人氣很高的旅遊地。

- 集合時間に間に合わなくて、バスが出発してしまいました。　⇒間に合わず

沒趕上集合時間，所以巴士就開走了。

- 保存しないで閉じてしまったファイルを復元する方法はあるのだろうか。　⇒保存せずに

有沒有辦法能夠復原沒存檔就關掉的檔案呢？

- 奥入瀬渓流は東北屈指の紅葉スポットとして知られていて、秋になるといつも大勢の観光客でにぎわっている。　⇒知られており

奧入瀨溪是東北首屈一指的賞楓景點，每到秋天總有許多的觀光客，非常熱鬧。

Level UP

①食譜及說明書之類告知操作順序的文體經常使用連用中止形。②單音節動詞較不使用此型態，例如：寝ます、来ます、着ます。③若動作間連結性很強，則必須使用「て形」，因為「連用中止形」有動作斷開彼此獨立的感覺。

- 蓋を点線まで剥がし、粉末スープを入れ、熱湯を内側の線まで注いでください。

請將蓋子撕開至虛線，接著放入調味粉包，再加熱水至內側的線。

- どこかに座って話しましょう。找個地方坐著講吧。

　（×）どこかに座り、話しましょう。我們先找地方坐，然後講吧。

連體詞 (007)

連體詞指的是「只能用來連接名詞」的詞類，如初級日文學過的「あの、この、その」，這些連體詞後方只能連接名詞如「この人」、「あのかばん」，無法單獨使用。

常見連體詞

常見連體詞有幾種結構特徵①の〜、〜が〜 ②〜た ③〜る／〜なる／〜たる ④〜な。有些語尾是古代形容詞留存至今、或本身帶有修飾名詞的特性。

1. 我が〜（我的〜、我們的〜）

- それでは、我が社の新商品をご紹介したいと思います。
  那麼接下來，要向各位介紹我們公司的新產品。

- 我が国の人口は、減少の一途をたどっています。
  我國人口不斷地減少。

2. 大した（很大的、驚人的、了不起的）

- 誰が当選しても大した違いはないと思う。
  不管誰當選，我覺得都沒太大差異。

- たった1年で日本語がこれほど上手になるなんて、大したものだ。
  才一年日文就變這麼好，真是了不起。

3. とんだ（意想不到的）

- 軽い気持ちで言ったことがとんだ災いを招いてしまった。

  隨隨便便說的話，卻招來了意想不到的災難。

4. 大それた（瘋狂的、不知天高地厚的）

- 世界中の戦争を無くすような大それたことはできないけれど、自分の
  できる範囲で少しでも世界の平和に貢献できればと思う。

  雖然我沒辦法讓世界所有戰爭消失，做不到這麼偉大的事，但希望在自己能做到的範圍
  內多多少少能對世界和平有所貢獻。

5. たった（只有、僅僅）

- こちらは有名な職人が作った世界にたった一つの高級ブランドバッグです。

  這個是出自名師傅之手，全世界只有一個的高級名牌包。

6. ふとした（沒想到的、小小的、意外的）

- ふとした拍子に元カレを思い出すことがあります。

  我有時候會在某個不經意的瞬間想起前男友。

7. 大きな／小さな／おかしな（大的／小的／奇怪的）

有些形容詞具有「い形容詞」及「な形容詞」兩種使用方式，但作「な形容詞」時無法作各種變化、也無法放句尾，只能作連體詞連接名詞。修飾名詞時「な形容詞」傾向修飾抽象事物，較主觀。

放句尾時：

小さい｜小さくない（〇）／小さかった（〇）

小さな｜小さじゃない（×）／小さだった（×）

- 私には、大きな夢がある。
  我有遠大的夢想。

- お菓子屋でおかしなことが起こっても不思議ではない。
  在零食專賣店發生奇怪的事情也不奇怪。　＊諧音笑話

- この会場はちょっと小さいですね。（〇）
  この会場はちょっと小さですね。（×）
  這個會場有點小耶。

8. ある（某個）

- それは、おじいさんが他界して３年ほど経ったある日のことだった。
  那是外公過世三年後某一天所發生的事。

9. とある（某個）

- この前、とある五つ星ホテルのトイレで幽霊を見てしまった。
  之前，我在某家五星級飯店的廁所裡看見了阿飄。

36

10. あらゆる／ありとあらゆる（所有的）

・独裁者はいつもあらゆる手段で、自らの行為を正当化しようとする。
獨裁者總是用盡所有手段，來試圖將自己的行為正當化。

11. いわゆる（所謂的、大家常說的）

・息子は学校にも行かず、アルバイトもしないという、いわゆる引きこもりの生活を 5 年間も送っていた。
兒子不去學校，也不打工，過著所謂繭居族的生活五年之久。

12. 来る（即將到來的、下一個）

・株主総会は来る 13 日に開かれる予定です。
股東大會預計在即將來臨的 13 日舉行。

13. 去る（剛過的、上一個）

・株主総会は去る 23 日に開かれました。
股東大會在剛過的 23 日舉行了。

14. いかなる（任何的、如何的）

・いかなる場合でも、人に暴力を振るってはいけない。
不管在怎麼樣的狀況下，都不該對人施暴。

15. 確たる（明確的、確實的）

・<ruby>確<rt>かく</rt></ruby>たる<ruby>証拠<rt>しょうこ</rt></ruby>が<ruby>見<rt>み</rt></ruby>つからない<ruby>限<rt>かぎ</rt></ruby>り、<ruby>起訴<rt>きそ</rt></ruby>は<ruby>難<rt>むずか</rt></ruby>しいでしょうね。

只要找不到確實的證據，起訴應該是很困難的。

16. 最たる（最具代表的、最甚的）

・<ruby>我々<rt>われわれ</rt></ruby>と<ruby>国交<rt>こっこう</rt></ruby>を<ruby>断絶<rt>だんぜつ</rt></ruby>するような<ruby>恩知<rt>おんし</rt></ruby>らずの<ruby>国<rt>くに</rt></ruby>に<ruby>資金援助<rt>しきんえんじょ</rt></ruby>を<ruby>行<rt>おこな</rt></ruby>うのは、<ruby>税金<rt>ぜいきん</rt></ruby>の<ruby>無駄遣<rt>むだづか</rt></ruby>いの<ruby>最<rt>さい</rt></ruby>たるものだ。

金援這些會跟我們斷交、忘恩負義的國家，是浪費稅金的最典型事例。

17. 単なる（單單是、僅是）

・それは<ruby>単<rt>たん</rt></ruby>なるお<ruby>前<rt>まえ</rt></ruby>の<ruby>妄想<rt>もうそう</rt></ruby>だろう。<ruby>私<rt>わたし</rt></ruby>は<ruby>何<rt>なに</rt></ruby>もしていない。

那只不過是你的妄想吧。我什麼都沒做。

18. ほんの（一點點的、不足爲道的）

・ほんの<ruby>好奇心<rt>こうきしん</rt></ruby>から<ruby>覚<rt>かく</rt></ruby>せい<ruby>剤<rt>ざい</rt></ruby>に<ruby>手<rt>て</rt></ruby>を<ruby>出<rt>だ</rt></ruby>してしまった。

我只因為一點點的好奇心，就碰了毒品。

意向形「よう」& 否定推量形「まい」 🎧008

〜意向形

1. 意志、動作即將發生

意向形除了直接使用之外，也能加上「とする」表示試圖要去做一件事，瞬間動詞意向形＋「としている」表示一件即將發生的事情。

- また一緒に海外旅行に行こう！
  再一起去海外旅遊吧！

- うちの犬はいつもゴキブリを食べようとする。
  我家的狗總是想吃蟑螂。

- 日が沈もうとしている。
  太陽正要下山。

2. 推量

儘管意向形可以代表推測的語氣，但現代口語還是比較常用「〜だろう」及「〜でしょう」。此種用法也可以修飾後方名詞。

- 準備なしでエベレストに登るのは、無謀な自殺行為と言えよう。
  沒準備就爬聖母峰，這可以說是莽撞的自殺行為吧。

- 自分で決めたことなんだから、悔いなどあろうはずがない。
  因為是自己決定的事情，所以應該不會有悔恨。

〜まい

接續方式如下：

一類動詞　辞書形＋まい

二類動詞　動詞辞書形／動詞ます形＋まい

特殊動詞　する→するまい／しまい／すまい

　　　　　来る→来るまい／来まい

1. 否定意志

・あんなまずいレストランには二度と行くまい。
　我絕不會再去那麼難吃的餐廳了。

・もう二度とうそをつくまいと思う。
　我絕不會再說謊了。

2. 否定推測

否定推測的用法就相當於「否定形＋だろう」，但較為生硬。

・東大の入試問題なんだから、簡単には解けるまい。
　因為是東大的入學考題，應該沒辦法簡單地解出來。

・幽霊が人を殺した？そんな荒唐無稽なことは誰も信じまい。
　鬼殺人？那種荒謬的事情誰都不會信的吧。

〜ようか、〜まいか

用肯定意向形及否定意向形，加上疑問助詞的「か」，表示猶豫要不要做一件事的語氣。

- 検定試験を受けようか受けまいか、迷っている。
  我在猶豫要不要報名檢定考試。
- 妻と離婚しようかすまいか決めかねている。
  很難決定到底要不要跟太太離婚。

〜ようと／〜ようが

意向形接「と」或「が」代表「不管〜都」的逆接語氣，後面常接「我就是要〜」、「與你無關」、「是我的自由」等句子。

- 人に何と言われようと、私は彼女と離婚するつもりだ。
  不管會被大家怎麼說，我就是要和她離婚。
- 僕が誰と付き合おうと、お前には関係ないことだ。
  不管我要與誰交往，都和你沒關係。
- どこに住んでいようが、私の自由だ。
  不管住在哪裡都是我的自由。
- 私の金なんだから、何を買おうが私の勝手だ。
  因為是我的錢，要買什麼是我的自由。

〜ようと、〜まいと／〜ようが、〜まいが

延續上一個句型，同時使用肯定及否定，表示無論如何都沒差的語氣。小心別與表示意向與否的「〜ようか、〜まいか」混淆。

- ビットコインの価格が<u>上がろうが</u>上が<u>るまいが</u>、保有していない私には関係ないことだ。

  比特幣價格有漲沒漲，與未持有的我無關。

- 謝罪され<u>ようと</u>され<u>まいと</u>、死んだ子どもはもう帰ってこない。

  不管他有沒有道歉，死去的孩子已經不會回來了。

- 役に立たない彼が<u>いようが</u><u>いまいが</u>、何の影響もない。

  毫無用處的他不管在不在，也不會有任何影響。

形容詞、名詞的意向形

與動詞相同，形容詞、名詞的意向形，也可表示推測或逆接。接續方式如下：

い形容詞<s>い</s>＋かろう（例：寒かろう）

な形容詞＋だろう／であろう（例：綺麗だろう／綺麗であろう）

名詞＋だろう／であろう（例：学生だろう／学生であろう）

な形容詞及名詞的否定去掉い＋かろう（例：綺麗じゃなかろう）

1. 推測

- 北海道の冬は寒かろう。

  ＝寒いだろう。

  北海道的冬天很冷吧！

- 聞く耳を持たない彼には、何も言わない方がよかろう。

  ＝何も言わない方がよいだろう。

  對什麼都聽不進去的他，最好什麼都不要說比較好。

・エルメスの鞄だから、安くなかろう。

＝安くないだろう。

因為是愛馬仕的包包，應該不便宜吧！

2. 逆接

・どんなに安かろうが、必要がないものは買わない。

不管多便宜，沒必要的東西我就是不會買。

・異性であろうが同性であろうが、信頼できるパートナーがいるのは素晴らしいことです。

異性也好同性也好，能有一位可信賴的伴侶是件非常棒的事。

・独身だろうが子なしだろうが、自分の選択だから他人にとやかく言われる筋合いはない。

單身也好沒小孩也好，那都是我自己的選擇沒有道理要被別人說三道四。

～であろうがなかろうが／
～であろうとなかろうと

使用「である」型態時，可以使用此句型表達「無論是否～」。

・あいつが言っていることが本当であろうがなかろうが、もう私にはどうでもいいことだ。

管他說的是真的還是假的，我都已經無所謂了。

・お金持ちであろうとなかろうと、税金を納めなければならない。

不管是不是有錢人，都必須要繳稅。

反語＆反問句型 🎧009

反語

生活中常使用反語強調肯定意涵、或諷刺對方。例如：「哇！那你不就好棒棒！」、「這種事情你覺得有可能嗎？」。日文也可以使用類似手法來強調。

～（の）だろうか？

應該會這樣嗎？應該不會吧。

誰が○○する（の）だろうか？

誰會這樣做啊？應該沒人吧。

（一体）何のために○○する（の）だろうか？

到底為了什麼這樣做？完全沒道理吧。

どうして～できる（の）だろうか？

怎樣做才可以～？沒辦法的吧。

・欠点がない人は、本当に存在するだろうか。

　沒有缺點的人真的會存在嗎？

・ロシアがウクライナを侵略するなんて誰が予想しただろうか。

　俄羅斯居然會侵略烏克蘭，這誰有料想到啊！

・給料も安いし残業も多い。いったい何のためにこんな会社に入るのだろうか。

　薪水又少加班又多。到底為什麼要進來這家公司啊？

・このまま見て見ぬふりをして本当にいいのだろうか。

　就這樣視而不見，真的好嗎？

Level **UP**

「～可能形的意向形＋か」也能表示反問語氣。

- 犠牲を払わずに戦争に勝つなんてことがあり得ようか。
  不付出代價就贏得戰爭，這種事真的有可能有嗎？

- 何の罪もない人がたくさん死んでいるのに、正義の戦争だなんてどうして言えようか。
  這麼多無辜的人死去，怎麼能說是正義的戰爭呢？

- 卑怯者と言われて、このまま黙っていられようか？
  被說是卑鄙的人，能夠悶不吭聲嗎？

推測語氣

1. ～のではない（だろう）か／～んじゃない（だろう）か

表示說話者的推測。「～のでは」口語中常說成「～んじゃ」，且兩者後方皆可加上「だろう」或「でしょう」。而句尾再加上「～と思う」等表示思考之句構時，也可省略「ないか」。口語的句尾可省略「か」，只以提高語調表示疑問。接續方式如下（同「～のだ」接續方式）：

動詞、い形容詞→常體＋「のではないか／んじゃないか」

形容詞、名詞→常體＋「のではないか／んじゃないか」

現在肯定式為「～なのではないか／～なんじゃないか」

- 当時、会社がつぶれるのではないかと誰もが心配していた。
  當時每個人都擔心公司是不是會倒掉。

- 彼女にフラれるんじゃないかと不安で仕方がありません。
  我非常不安自己會不會被女友甩了。

- 山で遭難したとき、自分はこのまま死ぬのではと何度も思った。
  在山上遇難的時候，我想過好幾次自己是不是就會這樣死掉。

・「バスが来ないな」「そろそろ来るんじゃない？（↑）」
「公車都不來欸！」「差不多要來了吧！」

Level UP

陳述自己意見時，也常用此句構軟化語氣、避免斷定。常見下列幾種句尾（正式場合多用敬體形式）：

～のではありませんか／～んじゃありませんか

～のではないでしょうか／～んじゃないでしょうか

～のではないかと思います／～んじゃないかと思います

・その考え方自体、間違っているのではありませんか。
那種想法本身會不會就是錯誤的呢？

・この仕事は彼に任せないほうがいいのではないでしょうか。
這工作還是不要交給他比較好吧？

・私たちの中にスパイがいるんじゃないかと思います。
我覺得我們之中應該有間諜。

2. ～ではありませんか／～ではないですか

也等於「～じゃない（か）／～じゃないですか」。與「～のではないか」「～んじゃないか」相比，少了「の（ん）」語氣較篤定，有反問對方「難道不是這樣嗎？」的語氣，語調為「～↓じゃない（か）」。除了反問對方、期待正面回覆外，也可表達憤怒、驚訝、傻眼、或自言自語等。有時也用於喚起對方記憶、尋求認同，此時常將語尾拉高變成「～じゃない↗」或「～じゃん↗」。

・電話に出るとき、「もしもし」って言うじゃないですか。何でそう言うようになったんでしょうか。＊喚起對方記憶
接電話不是都會說「喂」嗎？為什麼會變成這樣講呢？

- 先週新しい iPhone を買ったじゃない。あれ、昨日うっかり壊しちゃったんだよ。＊喚起對方記憶
  上週我不是買了一台新的 iPhone 嗎？我昨天不小心把它弄壞了。

- だから行きたくないって言ってるじゃないか。＊傻眼、厭煩
  啊我不是說不想去了嗎？

- だから触るなって言ったじゃない。どうしてくれるんだ！＊責難
  所以叫你不要碰不是嗎？你要怎麼賠我？

- これ、結構うまいじゃないか。＊自言自語、新發現
  這還蠻好吃的不是嗎？

比較

多了一個「ん」就多了推測語氣，更保守含蓄。

- 「ねえ、このネックレスはどう？」
  這項鍊如何呢？

- …A）「いいじゃない？」
  不錯啊！

- …B）「いいんじゃない？」
  應該不錯吧！

Level UP

「～んじゃない／～んじゃありません」也有禁止用法，語調下降。進行式的禁止（表示「不許再一直～」）常省略「～ているんじゃない」中的「いる」而說成「～てんじゃない」。男生較粗暴的說法甚至變成「～てんじゃねえ」。

- バカなことを言うんじゃない↓
  不要說傻話了！

- 笑って（いる）んじゃねえよ↓
  笑屁啊！

3. いかがなものか／どうかと思う

這樣做是如何呢（「どうかな？」），委婉表達自己認為不妥的事。

- 冗談のつもりかもしれないが、社会的弱者をからかうのは<u>いかがなものか</u>。
  你可能覺得只是個笑話，但嘲笑弱勢族群我覺得不妥。

- 勉強も大事だが、勉強ばかりするのも<u>いかがなものかと思う</u>。
  雖然念書很重要，但只念書我覺得也不太好。

- ラインは便利だけど、ラインで別れ話を切り出すのは<u>どうかと思う</u>。
  Line 是很方便啦，但用 Line 提分手我覺得不太好。

☑ 考點

10

指示代名詞 🎧010

> 指示代名詞就是我們說的「這個」、「那個」，在日文中有三種：「こ系列」、「そ系列」、「あ系列」。初學者可能在 N5 就學過「この、これ（離說話者近的）」、「その、それ（離聽話者近的）」、「あの、あれ（離雙方都遠的）」，但當時是以物理距離來判別。這節中，我們繼續探討其更深入的用法。

「そ系列」：自己先提到但對方不熟悉、或對方先提到但自己不熟悉的人事物

- A：「ライオンのたてがみを抜くと、失われた髪が戻ってくるらしいよ。」
  B：「そんな都市伝説みたいな話を信じない方がいいよ。」
  A：「いや、友達がそれを試したら、本当に生えてきたんだって！」

  A：「據說拔到獅子的鬃毛，掉落的頭髮就可以長回來。」

  B：「那種都市傳說，不要相信比較好！」

  A：「不能這麼說喔！我朋友試了（那個方法）之後，聽說頭髮真的長回來了！」

- A：「昨日、一人で散歩してたら、宇宙人に会ったんだよ。」
  B：「それは嘘だろう。ありえない、ありえない。」

  A：「我昨天一個人散步著，就碰到外星人了耶。」

  B：「那是騙人的吧。不可能不可能。」

・A：「この前、うちのクラスに転校生が来るって言ったじゃない。その子はイケメンだったよ！」

B：「マジ？早くその子を紹介して。」

A：「之前我不是說我們班有轉學生要來嗎？那個轉學生是帥哥耶。」

B：「真假！趕快介紹那學生給我認識啊。」

・A：「不正アクセスを防ぐために、僕は3か月ごとにソーシャルメディアのパスワードを変更するようにしているよ。」

B：「確かにその方が安心だね。面倒くさいけど、僕もそうしようかな。」

A：「為了防止不正當的存取，我每三個月就更換一次社群網站的密碼。」

B：「的確那樣比較放心。雖然很麻煩，我也那樣做好了。」

Level UP

為避免重複，前方提到的名詞也常用「それ」替代。這在日檢的讀解中常出現，必須知道代替的是什麼。另外，若前句名詞較長，後方再提到時也會使用「それ」，這個「それ」只是強調，可以省略。

・沖縄の平均気温は、台湾のそれより高い。
沖繩的平均氣溫比台灣的平均氣溫高。

・新入社員を採用するときに私が一番重要視するところ、それは外見です。
我選用新人時最重視的地方，那就是外表。

「あ系列」：雙方都清楚的人事物

・A：「昔、よく学校の近くにあるカフェに行ったじゃない。あのカフェは
　　　こないだつぶれたらしいよ。」

　B：「あのカフェ（が）つぶれたの？残念だね。」

　A：「以前我們不是很常去學校附近的咖啡廳嗎？聽說那間咖啡廳之前倒了。」

　B：「那間咖啡廳倒了嗎？好可惜啊！」

・A：大学1年生の夏休みにみんなで沖縄に行ったの（を）、覚えて（い）る？」

　B：「もちろん。あのころは、よくみんなで旅行に行ったよね。」

　A：「你記得大一的暑假，我們大家一起去沖繩的事嗎？」

　B：「當然。那時我們很常大家一起去旅行啊。」

Level UP

①自言自語時說的內容 ②自己不想明講但對方知道的內容 ③突然忘記名稱但覺得對方知道的內容，也可以使用「あ系列」。

・あの子は本当にかわいいな。＊独り言
　那個人真的好可愛啊！＊自言自語

・A：「小林さん、あれを持ってきた？」

　B：「あ、あれはやっぱり見せられない。ごめん。」

　A：「小林，你有帶那個來嗎？」

　B：「啊，那個我還是沒辦法借你看。抱歉。」

・A：「金魚すくいに使うあれは、何て名前だっけ？」

　B：「ポイのこと？」

　A：「撈金魚用的那個，叫什麼名字來著？」

　B：「你是說紙網嗎？」

「こ系列」：尚未提及的資訊

- これは、僕が小学校 5 年生の頃の話だ。ある日の夜、僕は友達の家で宿題をしていた。すると、その友達は突然、変なことを言った。

  這是我小學 5 年級時的事了。有一天晚上我在朋友家寫作業。然後，那個朋友就突然說了奇怪的話。

- こんな怖い体験をするとは夢にも思わなかった。深夜だったので、あたりは静まり返っていた。その静寂を破ったのは、チャイムの音だった。

  我做夢也沒想過會遇到這麼恐怖的事。那時候是深夜，所以周遭一片寂靜，而打破那陣寂靜的是門鈴聲。

- 麻婆豆腐はこのように作ります。まず最初に以下の材料を用意してください。

  麻婆豆腐是這麼做的。首先一開始請先準備以下的材料。

- Ａ：「この話は内緒だから誰にも言わないでくれる？」
  Ｂ：「うん、分かった。」
  Ａ：「実はね、僕は地球人じゃないんだ。」

  Ａ：「這件事是秘密，不要跟別人說好嗎？」

  Ｂ：「好，我知道了。」

  Ａ：「其實我不是地球人。」

Level UP

自己提過的事情，除「そ系列」之外「こ系列」也可使用，但「そ系列」比較客觀有距離，而「こ系列」更強調是自己提供的話題且與自身更相關，自己更關心。

- アジアから来た外国人労働者は、よく差別を受けるということです。これは本当に嘆かわしいことです。

  從亞洲來的外勞，聽說常常受到歧視。這真的是很可悲的事情。

句型統整
依形態分類

「もの」家族

＊「もの」常翻譯成東西，可指具體物品，也能代表抽象概念。其抽象意涵更衍伸成各種說話者的情緒，可搭配不同句型表達各種語氣。口語可以説成「もん」。

日文句型 ① 〜もの 🎧011

代表前述提到的抽象事物。

- 先入観というものは恐ろしい。

  先入為主的看法（這種東西）是很可怕的。

- 病気になって初めて健康というものの大切さを知った。

  生病之後，才知道健康（這種東西）的可貴。

- 国家試験はそんな甘いものではない。

  國考可一點也不輕鬆。

日文句型 ② 〜ものがある 🎧012

字面上為「有〜的東西」。「もの」可解讀為某「要素」、或讓人有某種感覺，義近「〜と感じさせる、〜感じがする」。接續方式遵循名詞修飾原則。

- ここ10年間におけるテクノロジーの進歩には目覚ましいものがある。

  這十年間科技的進步讓人驚訝。　＊有令人驚訝的元素

- あの女優の演技には、人々を感動させるものがある。

  那女演員的演技讓人感動。＊有讓人感動的元素

- 彼女のスピーチには聞く人の心に訴えかけてくるものがある。

  她的演講讓聽者感覺到強烈的訴求。　＊有對聽者的內心訴求的要素

日文句型
③ ものだ 013

用法① 表示事物本質或一般狀況。

動詞辞書形 / ない形｜い形容詞 / 〜くない｜
な形容詞、名詞＋な / 〜じゃない｜　＋ものだ

- 油は水に浮く<u>ものだ</u>。

  油本來就會浮在水面上。

- 人の性格は時間とともに変わる<u>ものだ</u>。

  人的個性會隨時間改變。

- 定着した習慣はなかなか変えられない<u>ものだ</u>。

  根深蒂固的習慣不是那麼容易改變的。

- 大勢の人の前でプレゼンするとなると、誰でも緊張する<u>ものです</u>。

  在很多人面前簡報的時候，任誰都會緊張的。

用法② 客觀定義或評價某事。常以「〜というものだ」或口語形式「〜ってものだ」「〜てもんだ」出現。否定形「〜というものではない」及其口語形式「〜ってもんじゃない」則是全面否定前方內容。「〜というものでもない」語氣較緩和，表示「也並非如此」。

常體＋というものだ（な形容詞、名詞現在肯定不需加「だ」）

- 許可なしに人の携帯を見るのは、プライバシーの侵害<u>というものだ</u>。

  未經允許隨便看別人的手機，這可說是侵犯隱私了。

- 連絡せずに人の家を訪ねるのは、非常識<u>というものです</u>。

  沒事先聯絡就跑到別人家，這就是所謂的白目。

- 指示された仕事だけやればいい<u>というものではない</u>。

  不是只做被交代的工作就好。

- サプリメントをたくさん<ruby>飲<rt>の</rt></ruby>めば<ruby>健康<rt>けんこう</rt></ruby>になる<u>ってもんじゃない</u>。

  不是吃很多保健食品就可以變得健康。

- 「<ruby>成<rt>な</rt></ruby>せば<ruby>成<rt>な</rt></ruby>る」というが、すべてが<ruby>筋書<rt>すじが</rt></ruby>き<ruby>通<rt>どお</rt></ruby>りにいく<u>ものでもない</u>。

  雖說「有志者事竟成」，但也不是什麼都會照劇本走。

用法③ 表達「本該如此」，但並非完全主觀，帶有一般社會認知及常識判斷。肯定及否定皆常出現。

<u>動詞辞書形 / ない形 ＋ものだ</u>

- <ruby>学生<rt>がくせい</rt></ruby>は<ruby>一生懸命<rt>いっしょうけんめい</rt></ruby>に<ruby>勉強<rt>べんきょう</rt></ruby>する<u>ものだ</u>。

  學生本應該努力念書。

- お<ruby>客様<rt>きゃくさま</rt></ruby>には、<ruby>敬語<rt>けいご</rt></ruby>を<ruby>使<rt>つか</rt></ruby>う<u>ものです</u>。

  對客戶本來就要使用敬語。

- <ruby>社員<rt>しゃいん</rt></ruby>は<ruby>会社<rt>かいしゃ</rt></ruby>の<ruby>指示<rt>しじ</rt></ruby>に<ruby>従<rt>したが</rt></ruby>う<u>ものだ</u>。<ruby>四<rt>し</rt></ruby>の<ruby>五<rt>ご</rt></ruby>の<ruby>言<rt>い</rt></ruby>わないでさっさとやれ！

  員工本就應該聽從公司的指示。不要說些五四三快做！

- <ruby>目上<rt>めうえ</rt></ruby>の<ruby>人<rt>ひと</rt></ruby>にそんな<ruby>言<rt>い</rt></ruby>い<ruby>方<rt>かた</rt></ruby>をする<u>ものではない</u>。

  不該對長輩這樣說話。

- <ruby>初対面<rt>しょたいめん</rt></ruby>の<ruby>人<rt>ひと</rt></ruby>に<ruby>年収<rt>ねんしゅう</rt></ruby>を<ruby>聞<rt>き</rt></ruby>く<u>ものじゃない</u>。

  不該問初次見面的人年收多少。

 比較

此句型的否定有兩種，如以下兩句皆可譯為「不應背地裡說人壞話」，但 A 語感為「『背地說壞話』違反社會一般認知」，B 語感為「『不背地說壞話』符合社會一般認知」，A 責難意味較強。

A. <ruby>陰<rt>かげ</rt></ruby>で<ruby>人<rt>ひと</rt></ruby>の<ruby>悪口<rt>わるくち</rt></ruby>を<ruby>言<rt>い</rt></ruby>う<u>ものではない</u>。
B. <ruby>陰<rt>かげ</rt></ruby>で<ruby>人<rt>ひと</rt></ruby>の<ruby>悪口<rt>わるくち</rt></ruby>を<ruby>言<rt>い</rt></ruby>わない<u>ものだ</u>。

用法④ 表達希望或願望，前方常有「ほしい」「～たい」等字眼。

動詞ます形＋たいものだ / 動詞て形＋ほしいものだ

- 1か月ぐらいフランスのビーチでのんびりしたい<u>ものだ</u>。

  很想在法國的海灘悠閒地過一個月左右。

- タイムスリップして学生時代に戻りたい<u>ものだ</u>。

  希望可以穿越時空，回到學生時代。

- 一度でいいから童話に出てくるような宮殿に住んでみたい<u>ものだ</u>。

  哪怕是一次也好，很想住看看童話故事裡有的那種宮殿。

- 息子には同じ過ちを犯してほしくない<u>ものだ</u>。

  不希望兒子犯同樣的錯誤。

用法⑤ 表達自己的感嘆、感慨或驚訝。

遵循名詞修飾方式，通常不與名詞連接

- 時が経つのは早い<u>ものだ</u>。

  時間真的過得很快啊！

- 体力だけでなく記憶力も衰えてきた<u>ものだ</u>。やっぱり年には勝てない。

  不只體力連記憶力也已經開始衰退了。果然歲月不饒人啊。

- 台北もこの 10 年でずいぶん変わった<u>ものですね</u>。

  台北這十年來也變了很多呢。

- 2 児の父親なのに、よくもそんな無責任なことが言えた<u>ものだ</u>。

  都已經是兩個孩子的爸了，居然說得出這種毫無責任感的話。

- それは 3 人分だよ。子供なのによく全部食べられた<u>もんだ</u>。

  那是三人份耶。一個小孩居然可以全部吃完！

用法⑥ 表示緬懷過去的懷舊語氣。

動詞た形＋ものだ

・子供の時は、よくいたずらをして母を怒らせたものだ。

我小時候常常惡作劇，惹媽媽生氣。

・京都に住んでいたころは、よく近くの古本屋に行ったものだ。

住在京都的時候，我常常去附近的二手書店。

・若いころはよくこのカエルと一緒に旅をしたものだ。

我年輕的時候，常常跟這隻青蛙一起旅行。

用法⑦ 不是、不可能、沒辦法，表示強烈否定。

動詞た形 / 動詞可能形た形　＋ものではない / ものじゃない

・嫌なこともたくさんあるけど、人生は捨てたものじゃないよ。

雖然討厭的事情也是很多，但人生也不是一無是處啦。

・このスープはしょっぱすぎて飲めたものじゃない。

這湯太鹹了沒辦法喝！

・あの議員の歌は、とても聞けたものではない。

那個議員唱的歌，真是聽不下去啊。

・そんなことをされたらたまったもんじゃない。

被那樣對待誰受得了啊！

日文句型 ④ ～ない形＋ものか／ものだろうか 🎧014

難道沒辦法～嗎？表達自己的希望。

- 新幹線（しんかんせん）の乗車券（じょうしゃけん）はもう少（すこ）し安（やす）くならないものか。

  新幹線的票能不能再便宜一點呢？

- 楽（らく）してお金（かね）を稼（かせ）げないものかと最近（さいきん）ずっと考（かんが）えている。

  我最近成天在想有沒有輕鬆就能賺到錢的方式。

- ファンの人数（にんずう）がもっと速（はや）いスピードで増（ふ）えないものだろうか。

  粉絲的數量能不能再增加快一點呢。

日文句型 ⑤ ～（んだ）もの／～（んだ）もん 🎧015

表示理由，有任性、裝可愛的感覺，女性及兒童常用。「もの（もん）」前方可放（んだ）加強主張語氣。

> 常體＋（んだ）もの /～（んだ）もん。前方若有んだ則名詞及な形現在式為「名詞＋なんだもの」「な形容詞な＋んだもの」。

- 「何（なん）でパーティーに来（こ）なかったの？」「誘（さそ）われなかったもん。」

  「你為什麼沒來派對呢？」「因為沒被邀請啊。」

- 「何（なん）でナスを食（た）べないの？」「だって美味（おい）しくないんだもん！」

  「為什麼不吃茄子呢？」「因為不好吃啊！」

- 難（むずか）しい漢字（かんじ）は読（よ）めるわけないだろう。彼（かれ）はまだ小学校生（しょうがっこうせい）だもの。

  很難的漢字怎麼可能會念。因為他還只是小學生啊！

- 「部長（ぶちょう）の結婚式（けっこんしき）に行（い）かないの？」「だって部長（ぶちょう）のことが嫌（きら）いなんだもん。」

  「你不去部長的婚禮啊？」「因為我很討厭部長嘛！」

日文句型 ⑥ 〜ものか（もんか）／〜ものですか 🎧016

怎麼會、才不會、誰要〜啊！表達強烈否定。

常體｜な形容詞現在肯定＋な｜名詞現在肯定＋な｜ ＋ものか / ものですか

- 誰がお前みたいな奴と友達になる<u>ものか</u>。

  誰要跟你這種人當朋友啊。

- 「通訳者は暇だよね？」「暇な<u>もんか</u>！毎日資料を読んでるよ！」

  「口譯很閒吧？」「怎麼可能閒？每天都在讀資料耶。」

- あんなまずいレストランに２度と行く<u>ものですか</u>。

  那種難吃的店，才不會再去第二次！

- 君のためなら、死ぬことすら怖い<u>もんか</u>。

  如果是為了你，死亡哪裡可怕。

日文句型 ⑦ 〜ものなら 🎧017

「如果〜的話」，通常是可能性極低的事。（一般狀況的假設用「もし〜なら」）。

辞書形 / 可能形＋ものなら

- 高校時代に戻れる<u>ものなら</u>戻ってみたい。

  可以回到高中時代的話，我想回去看看。

- できる<u>ものなら</u>もう一度死んだ愛犬に会いたい。

  可以的話，我好想再見一次死掉的愛犬。

- 倍返しだと？やれる<u>もんなら</u>やってみろよ！

  加倍奉還？做得到的話你就試試看啊！

- 妹の病気が治るものなら、全財産を差し出しても惜しくない。

  如果妹妹的病可以治的好，那我交出全部的財產也不足惜。

- 生まれ変われるものなら、柴犬になって毎日のほほんと暮らしたい。

  如果可以重新投胎轉世的話，我想當柴犬每天爽爽地過。

日文句型 ⑧ ～ようものなら 🎧018

如果前方狀況發生，將產生不堪設想的後果。

> 動詞意向形＋ものなら

- 彼氏は独占欲が強いので、他の男性と二人きりで出かけようものなら怒り狂うだろう。

  我男朋友佔有慾很強，如果我跟其他的男生單獨出去的話，他應該會抓狂！

- うちの社長に楯突こうものなら即、首になってしまう。

  如果膽敢頂撞我們社長的話，馬上就會被炒魷魚。

- これ以上コロナの感染者が増えようものなら、医療崩壊は免れないだろう。

  如果新冠肺炎感染者再增加的話，醫療系統癱瘓應該就不可避免了。

- 田中先生は時間に厳しい人で、授業に5分でも遅れようものなら教室に入れてもらえない。

  田中老師對時間很要求，上課如果遲到5分鐘的話可能連教室都不給進。

日文句型

⑨ ～ものの 🎧019

儘管前方所述為真，但後方內容與預期不符。用於已知事實，較生硬。

常體｜な形容詞現在肯定＋な / である｜名詞現在肯定＋である｜　＋ものの

- 論文は 8 割ぐらい書けたものの、残りの部分で苦労している。

  雖然論文已經寫好了 8 成，但剩下的部分卻令我吃盡苦頭。

- ヒロシスーパーは他のスーパーに比べて値段は少し高いものの、24 時間営業なのでかなり便利です。

  Hiroshi 超市雖然比其他的超市貴，但是 24 小時營業所以很方便。

- 大学を出たものの、就職先が見つからず、アルバイトを続けている若者がたくさんいる。

  很多年輕人雖然大學畢業了，但找不到工作一直在打工。

- 就職活動は順調なものの、卒業論文が難航しています。

  雖然找工作是順利的，但畢業論文目前難產中。

★由於是客觀論述事實，後方不接意志內容如願望、請求、命令。

（×）勉強は大変なものの、試験までお互いに頑張りましょう。

（○）勉強は大変ですが、試験までお互いに頑張りましょう。

日文句型 ⑩ ～とはいうものの 🎧020

雖然是這樣講沒錯，但～。「～という」表示說的內容，「は」凸顯前後對比。

各詞性常體｜な形容詞現在肯定 (だ)｜名詞現在肯定 (だ)｜ ＋とはいうものの

- 少しは涼しくなったとはいうものの、日中はまだまだ暑さを感じます。

  雖說天氣好像轉涼了，但白天還是感覺有點熱。

- 石の上にも三年とはいうものの、ブラック企業に３年も勤めようなんて１ミリも思わないよ。

  雖然人家說鐵杵磨成繡花針（石頭上要坐三年），但我才不想在黑心企業工作三年呢！

日文句型 ⑪ ～からいいようなものの 🎧021

各詞性常體＋からいいようなものの

儘管已避免最糟狀況，但依舊不可輕忽。構造為「～から（因為）」、「いいような（好像不錯）」、「ものの（但是）」。有提醒對方注意或責難語氣。

- 無事に下山したからいいようなものの、冬山で遭難したら命を落としかねないよ。

  雖然慶幸能夠順利下山，但在冬天的山中遇難可是有可能會喪命的。

- フライトに間に合ったからいいようなものの、間に合わなかったらどうしてくれるんだ！

  雖然最後還好有趕上班機，如果沒趕上你要怎麼補償我？

日文句型
⑫ ～もので／～ものだから 🎧022

實在是因為～所以自然就…。與「～もの／もん」同樣表示理由，只是用「で／だから」表示原因並串聯後方句子。由於「ものだ」強調某事符合一般常識、社會規範，所以能更合理化自己的理由。口語也可說「～もんで／もんだから」。

常體｜な形容詞現在肯定＋な｜名詞現在肯定＋な｜ ＋もので / ものだから

- 英語が苦手なもので、外国人に道を聞かれるとパニックに陥ってしまうんです。

  因為英文很不好，所以被外國人問路我就會陷入恐慌。

- すみません、携帯が壊れていたもので、メッセージを見られませんでした。

  不好意思，因為手機壞掉所以之前沒辦法看訊息。

- 日本語を練習する機会がないものだから、上手にならないんですよ。

  因為沒有練習日文的機會，所以自然就沒辦法變好。

- A:「今何時だと思ってるんだ！遅刻するにもほどがあるよ。」

  B:「すみません、バスがなかなか来なかったものですから。」

  A:「你以為現在幾點了啊！遲到也要有限度吧。」

  B:「抱歉抱歉，因為公車都一直不來沒辦法。」

★此句型為因果關係說明，後方不會出現請求命令等意志內容。

（×）天気がいいものだから散歩しよう。

（○）天気がいいから散歩しよう。

因為天氣很好我們去散步吧。

「ばかり」家族

日文句型 ① 〜ばかりに 🎧023

只因〜而導致負面結果。結構為「〜ばかり（只）」＋「に（因）」。

常體	な形容詞現在肯定＋な / である	名詞現在肯定＋である	＋ばかりに

- 能力試験を甘く見たばかりに、合格できなかった。

  只因為太小看檢定考，導致最後沒能及格。

- 犯人と顔が似ているばかりに、警察に逮捕されてしまった。

  只因為臉跟犯人長得像，就被警察抓了。

- 英語が下手なばかりに、大手企業に採用してもらえませんでした。

  只因為我英文不好，就沒能被大企業採用。

- 彼女は人気ユーチューバーであるばかりに、しょっちょうアンチから嫌がらせを受けている。

  只因為她是人氣 Youtuber，就常常受到酸民的騷擾。

日文句型 ② 〜ばかりか 🎧024

不僅如此。結構為「〜ばかり（只）」＋「か（疑問、不確定）」。後方常出現「〜も」「〜まで」「〜さえ」等表示並列或程度更極端的助詞。

常體	な形容詞現在肯定＋な / である	名詞現在肯定だ	＋ばかりか
名詞句子＋であるばかりか			

- 小林選手はバドミントン<u>ばかりか</u>、テニスも得意だ。

  小林選手不只羽毛球，也很擅長網球。

- 薬を飲んだが、効果がなかった<u>ばかりか</u>、症状が却って悪化した。

  雖然吃了藥但不僅沒效果，症狀反而還惡化了。

- 飲酒運転は危険である<u>ばかりか</u>、刑事責任を問われる場合もある。

  酒駕不僅危險，也可能被追究刑事責任。

- 佐藤先生は東京大学の名教授である<u>ばかりか</u>、芸能界でも活躍している。

  佐藤老師不僅僅是東大的名教授，在演藝圈也相當活躍。

③ 〜ばかりで（は）なく（て） 🎧025

不僅。「〜ばかり（只）」＋「〜でなく（不是）」。義同口語的「〜だけで（は）なく（て）／〜だけじゃなく（て）」及正式場合或書面的「〜のみならず」。

> 常體｜な形容詞現在肯定＋な / である｜名詞現在肯定だ｜＋ばかりでなく
> 名詞句子＋であるばかりでなく

- 日本語の文字は、ひらがなや漢字<u>ばかりではなく</u>、カタカナやローマ字もある。

  日文不只有平假名和漢字，還有片假名跟羅馬字。

- 電気自動車は高い<u>ばかりでなく</u>、充電場所を探す手間がかかる。

  電動車不只貴，找充電場所還很麻煩。

- あの大統領は失言が多い<u>だけでなく</u>、いつも自分の失敗を人のせいにする。

  那位總統不僅失言很多，還總是把自己的失敗怪罪於別人。

- コロナは、経済にダメージを与える<u>のみならず</u>、我々の生活のあらゆる側面に悪影響を及ぼしている。

  新冠肺炎不僅對經濟造成傷害，還對我們生活的各種層面產生負面影響。

★「〜ばかりか」只能表示客觀敘述，意志內容如希望、命令、要求等，須使用「〜ばかりでなく」或「〜だけでなく」。

（×）日本語ばかりか、英語も勉強しなさい！

（〇）日本語ばかりでなく／だけでなく、英語も勉強しなさい。

不要只念日文，英文也要念。

日文句型
④ 〜ばかりだ 🎧026

不斷地〜、越來越〜。義近「〜一方だ」。

動詞辞書形　＋ばかりだ / 一方だ

・戦闘は激しさを増すばかりだ。

戰鬥越來越激烈了。

・頑張って働いているのに、業績は悪くなるばかりです。

明明很努力工作，但業績卻每況愈下。

・少子化で、台湾の人口は減る一方だ。

因為少子化，台灣的人口不斷減少。

・不動産価格の上昇が止まらず、政府への不満は高まる一方です。

不動產價格持續上升，所以對政府的不滿不斷升高。

日文句型 ⑤ 〜ばかりだ／〜だけだ（口語）／〜のみだ（文語） 🎧027

接下來需要做的只剩〜。

> 動詞辞書形　＋ばかりだ / だけだ / のみだ

- やれることは全部やった。あとは祈る<u>ばかりだ</u>。

  能做的都做了。剩下的也只有祈禱了。

- 全員揃いました！あとは小林さんが来るのを待つ<u>ばかりです</u>。

  全員到齊了。接下來只要等小林來就好了。

- 将来のことは誰も分かりません。自分を信じて前に進む<u>だけです</u>。

  將來的事沒人知道。也只有相信自己往前進而已。

- 今はただ、戦争で命を失った人々のご冥福を祈る<u>のみだ</u>。

  現在也只有為那些在戰爭中喪命的人祈福而已。

「限る」
家族

☞ **名詞形式**

日文句型
① ～限り（は） (028)

只要～就…。表示在前面這個條件的限制下，後者成立。「は」可省略。

| 動詞辞書形 / ない形 ｜ い形容詞 / ～くない ｜ 名詞＋である / じゃない（でない） ｜
| な形容詞＋な / である / ～じゃない（でない）　＋限り |

- コロナの期間中は、可能な限り、外食しないようにしている。

  疫情期間，我盡可能不吃外面。

- 悪いことをしない限りは、警察を恐れる必要はない。

  只要不做壞事，就沒必要怕警察。

- あの人が大統領である限り、国内の治安はよくならない。

  只要那個人是總統，那國內的治安就不會變好。

- よほどのことがない限り、私は会議に出席します。

  只要沒有什麼大事情，我會出席會議。

日文句型 ② ～限り 🎧029

在某範圍限度中到達極限。「A の限りを尽くす」意思為竭盡 A 的限度。

動詞辞書形（可能形） ｜ 名詞＋の ｜ ＋限り

- 見渡<ruby>み<rt></rt></ruby>す<ruby>かぎ<rt></rt></ruby>限りの原野<ruby>げんや<rt></rt></ruby>が目<ruby>め<rt></rt></ruby>の前<ruby>まえ<rt></rt></ruby>に広<ruby>ひろ<rt></rt></ruby>がっている。

  一望無際的原野在眼前展開著。

- できる<ruby>かぎ<rt></rt></ruby>限りのことはしたが、うまくいかなかった。

  我可以做的都做了，但事情不順利。

- 力<ruby>ちから<rt></rt></ruby>の<ruby>かぎ<rt></rt></ruby>限り（を尽<ruby>つ<rt></rt></ruby>くして）、敵<ruby>てき<rt></rt></ruby>と戦<ruby>たたか<rt></rt></ruby>うつもりだ。

  我打算盡所有力氣跟敵人戰鬥。

- ルイ 14 世<ruby>せい<rt></rt></ruby>は贅沢<ruby>ぜいたく<rt></rt></ruby>の<ruby>かぎ<rt></rt></ruby>限りを尽<ruby>つ<rt></rt></ruby>くして、ベルサイユ宮殿<ruby>きゅうでん<rt></rt></ruby>を建<ruby>た<rt></rt></ruby>てました。

  路易十四竭盡奢侈之能事，建造了凡爾賽宮。

日文句型 ③ ～を限りに、～限りで 🎧030

以什麼為期限、到什麼為止。「～を～に」及「で」均有「以～為」的意思。

名詞＋を限りに / 限りで

- 痩<ruby>や<rt></rt></ruby>せるために、今日<ruby>きょう<rt></rt></ruby>を<ruby>かぎ<rt></rt></ruby>限りに甘<ruby>あま<rt></rt></ruby>いものは食<ruby>た<rt></rt></ruby>べません。

  為了瘦下來，今天以後我不吃甜食了。

- 設備<ruby>せつび<rt></rt></ruby>の老朽化<ruby>ろうきゅうか<rt></rt></ruby>のため、ヒロシ動物園<ruby>どうぶつえん<rt></rt></ruby>は今月<ruby>こんげつ<rt></rt></ruby><ruby>かぎ<rt></rt></ruby>限りで閉園<ruby>へいえん<rt></rt></ruby>されます。

  因為設備老舊的關係，Hiroshi 動物園這個月之後就要關了。

- 当店<ruby>とうてん<rt></rt></ruby>は今回<ruby>こんかい<rt></rt></ruby>のセールを<ruby>かぎ<rt></rt></ruby>限りに閉店<ruby>へいてん<rt></rt></ruby>いたします。

  本店這次特賣會之後就要結束營業了。

日文句型 ④ 〜限りでは 🎧031

以〜範圍內而言。結構為「〜限り（限制）」＋「で（範圍）」＋「は（主題化、對比）」。

動詞辞書形 / た形 / 〜ている｜名詞＋の｜ ＋限りでは

- 私の知っている限りでは、彼はそんな人ではない。

  就我知道的範圍來說，他不是那種人。

- 電話で話した限りでは、林先生はいい感じの人ですよ。

  就我跟他通電話的感覺來說，林老師感覺是不錯的人喔。

- 友達がアップした写真を見た限りでは、その店のプリンはおいしそうでしたよ。

  就我看到朋友上傳的照片而言，那家店的布丁好像很好吃喔。

日文句型 ⑤ 〜に（は）限りがある／ 〜に（は）限りがない 🎧032

名詞＋に限りがある / 限りがない

表示限度。結構為「〜に（某物中）」＋「限りがある（有限度）／限りがない（沒有限度）」

- 数に限りがあるので、お求めになるお客様はお急ぎください。

  數量有限，要購買的客人手腳要快。

- 人間の欲望には限りがない。

  人類的欲望，是沒有極限的。

日文句型 ⑥ 〜限り／〜限りではない 🎧033

名詞＋限り / 限りではない

僅限／不限。前方常常放數量或是某具體內容。

- チャンスは一回限りだ。

  機會只有一次。

- 本日限りの特別価格です。ぜひご利用ください。

  這是僅限今日的特別價格。請務必把握機會。

- こちらの商品のご購入は、お一人様２点限りとなっております。

  此商品一人限購兩份。

- あらかじめ甲の承諾を得た場合は、この限りではない。

  若有事先取得甲方許可，則不在此限。

日文句型 ⑦ 限りなく〜に近い 🎧034

無窮趨近於〜。結構為「限り（限度）」＋「なく（沒有）」＋「〜に近い（靠近）」。

- 宝くじに当たる確率は限りなくゼロに近い。

  中彩券的機率趨近於零。

- 俺は人間ではない。限りなく完ぺきに近い生き物だ。

  我不是人類。是近乎完美的生物。

日文句型 ⑧ 〜限りだ 🎧035

〜極了。可以「僅限某個情緒，只有某個情緒」聯想此句型。

い形容詞 / な形容詞｜ ＋限りだ

- この映画の主役になれて、嬉しい限りだ。

  可以成為這個電影的主角，我真是高興死了。

- 1点差で負けてしまうなんて、残念な限りだ。

  差一分落敗，真是太可惜了。

- 卒業の日を晴れやかに迎えることができて、喜ばしい限りです。

  可以以愉快的心情迎接畢業之日，真的是非常開心。

☞ **動詞形式**

日文句型 ⑨ 〜に限って 🎧036

名詞＋に限って

用法① 特別限定「某種情況下特別如何」，常用來感嘆運氣不好。

- 急いでいる時に限って、なぜかよく渋滞に巻き込まれる。

  每次趕時間的時候，不知為何常常會被捲入塞車。

- 出かけるときに限って、何でいつも雨が降ってくるんだよ。

  到底為什麼常常要出門的時候才下雨啦。

用法② 別的不敢講，但限定是～的話一定…。

- うちの子に限って、人のものを盗んだりしない。

  我家的小孩，是絕對不可能偷人的東西的。

- 「金は万能じゃない」と言っている人に限って、金のために不正を働く。

  會講「錢不是萬能」的人，往往都為了錢幹些壞勾當。

用法③ 其他都不是，只有這個。表示限定對象，用於官方告示時，常使用前面介紹過的「連用中止型」增加正式感。

- 敬老の日に限り、60歳以上の方は無料でプールをご利用になれます。

  敬老日那天，60歲以上的人士可以免費使用游泳池。

- 先着50名様に限り、ヒロシ先生の写真集を贈呈いたします。

  前五十位將贈送 Hiroshi 老師的寫真集。

- 露天風呂はご宿泊のお客様に限って、ご利用いただけます。

  露天溫泉僅限住宿的客人使用。

日文句型 ⑩ ～に限って言えば 🎧037

限定～而論的話。構造為「～に限って（限制主題）」＋「言えば（講的話）」。

- 台湾に限って言えば、若者のフェイスブック離れが顕著だ。

  限定台灣來說的話，年輕人脫離臉書的現象是很顯著的。

- N2の文法に限って言えば、この教科書だけで充分だと思う。

  就 N2 文法來說的話，我覺得這本課本就夠了。

日文句型 ⑪ ～に限る／～に限られる 〔038〕

動詞辞書形 / ない形｜名詞　＋に限る

用法① 限制內容 ② 主觀認定某物最好，用限制的概念理解：僅限這個、這個最好！

- お支払いは現金に限ります。

  付款方式限制只能用現金。

- アシスタント募集。ただし、若い女性に限る。

  誠徵助理。但僅限年輕美眉。

- 学会での発表は、英語に限られている。

  在學會的發表，限制只能用英文。

- 疲れたら、たっぷり寝るに限ります。

  疲累的話，大睡一覺最好了。

- 寒い日はやっぱり激辛鍋に限るね。

  很冷的天還是吃麻辣鍋最好了。

- 台風の日は、海に近づかないに限ります。

  颱風天不要靠近海邊最好。

日文句型
⑫ ～に限らない 🎧039

名詞＋に限らない

不限某人事物。

- 台湾（たいわん）で交通事故（こうつうじこ）に遭（あ）うのは、台湾人（たいわんじん）に限（かぎ）りません。

  會在台灣碰到交通事故的，不是只有台灣人。

- 参加者（さんかしゃ）は台湾人（たいわんじん）に限（かぎ）りません。外国人（がいこくじん）でも大歓迎（だいかんげい）です。

  參加者不限台灣人。外國人也很歡迎。

★變化句型：①～に限らず，為「～に限らないで（不限）」的連用中止型，較正式。

名詞＋に限らず

- 鬼滅（きめつ）の刃（やいば）は子供（こども）に限（かぎ）らず、大人（おとな）にも人気（にんき）がある。

  鬼滅之刃不限小孩，大人也相當喜歡。

- 女性（じょせい）に限（かぎ）らず、男性（だんせい）も育児休暇（いくじきゅうか）を取（と）れるようになった。

  不只女性，男性也可以請育嬰假了。

★變化句型：②～に限ったことではない／～に限ったことじゃない，不限為～。結構為「～に限った（限制為～）」＋「ことではない（不是這麼回事）」。前方常放「何も」加強語氣。

名詞＋に限ったことではない

- テレビゲームが好（す）きなのは、何（なに）も子供（こども）に限（かぎ）ったことではない。

  喜歡玩電玩的不限小孩。

・認知症になるのは、高齢者に限ったことじゃない。

不是只有高齡者才會失智。

★ 變化句型：③〜とは限らない／〜とも限らない，結構為「〜と（內容）」＋「は（主題化、對比）／も（也）」＋「限らない（不限於此）」，代表「也並非一定如此」，前方若為否定則是雙重否定（也不一定不是＝也可能是）。

> 各類詞性常體（な形容詞、名詞現在肯定可不加だ）＋とは限らない / とも限らない

・日本に長年住んでいるからといって、日本語がうまいとは限らない。

雖說在日本住很多年，但不一定日文就會很好。

・中国語のネイティブだからといって、中国語が教えられるとは限らない。

雖說是中文母語人士，但不見得就可以教中文。

・イケメンが必ずしも幸せだとは限らない。

帥哥不見得一定幸福。

・一眼レフを使えばいい写真が撮れるとも限らないよ。

使用單眼相機不見得就能拍到很好的照片。

・雨が降らないとも限らないので、傘を持っていった方がいいと思うよ。

不見得不會下雨，所以還是帶個傘我覺得比較好！

「する」
家族

日文句型 ① 〜にしたら／にすれば 🎧040

以某個角度來判斷或對某人而言。常說成「〜にしてみたら」、「〜にしてみれば」。
意近「〜に言わせれば、〜から見れば」。

名詞＋にしたら / にすれば

・親にすれば、我が子の幸せは自分自身の幸せでもある。

從父母的角度來看，自己孩子的幸福也是自己的幸福吧！

・投資勧誘の電話は、私にしたら迷惑でしかない。

勸人投資的電話，對我來說只是困擾而已。

・大学生にしてみたら、30 万元はかなりの大金ですよ。

以大學生的角度來看，30 萬台幣是很大的數字。

日文句型 ② 〜にしては 🎧041

或許一般而言並非完全如此，但以〜觀點看來就…。「は」有主題化、對比的功用。

動詞常體｜名詞 ＋にしては

・彼女は女性にしては背が高いね。

以女性來說，她的身高很高。

・彼女は外国人にしては日本語がうまいですね。

以外國人來說她的日文很好。

・1 年間しか勉強していないにしては、彼は英語が上手ですね。

以只學一年來說，他的英文很好。

78

日文句型 ③ ～にしても／～にしたって／～にしたところで 🎧042

就算從～的角度來看、就連～也。意近「～としても」「～としたって」「～としたところで」。

各詞性常體＋にしても / にしたって / にしたところで
＊名詞、な形容詞現在肯定不需加「だ」

- 来ないにしてもメッセージぐらい送ってよ！

  就算不來至少也傳個訊息吧！

- 調子が悪いにしてもミスが多すぎたよ。一体どうしたの？

  就算狀況不好，失誤也太多了啦！到底怎麼回事？

- 教師にしたって、夏休みは長いほうがいいに決まっている。

  就算是教師，也一定覺得暑假長一點比較好。

- 専門家にしたところで、人工知能がどこまで進化するかは予測できないだろう。

  就算是專家，也無法預測人工智慧會進化到哪裡。

★此句型也可拿來並列如下，表示 A 也好 B 也罷。

名詞 A にしても名詞 B にしても

- 小林さんは仕事の能力にしても性格にしても非の打ち所がない。

  小林不管工作能力還是個性都無可挑剔。

日文句型 ④ 〜としたら／〜とすれば／〜とすると

此處「する」表示假設，假定意味強於「たら／ば／と」，也常用於機率低的事或純粹假設。

> 各詞性常體＋〜としたら／〜とすれば／〜とすると

・海外に移住するとしたら、どの国を選びますか？

　假如要移居海外，你會選哪個國家呢？

・留学するのに 200 万元かかるとすると、うちの経済状況では無理だ。

　如果留學要 200 萬台幣，那以我們家的經濟狀況來看是不可能的。

・彼が犯人だとすれば、つじつまが合う。

　如果他是犯人的話，一切都說得通了。

日文句型 ⑤ 〜としても

此處「する」表示假設，「〜ても」表示「就算」，為逆接語氣。

> 各詞性常體＋としても

・私は海外旅行に行かない。行くとしてもツアー旅行だろう。

　我不去海外旅行。就算真的要去也是跟團吧。

・仮に無人島でお前と二人きりになったとしても、絶対に好きにならないよ。

　就算在無人島上跟你單獨兩人，我也絕對不會喜歡上你的。

・イケメンだとしても、浮気をするような男性とは付き合いたくない。

　就算是帥哥，我也不想跟那種會外遇的人交往。

日文句型 ⑥ ＡをＢとして／ＡをＢに（して） 🎧 045

此處する解釋為「當作」，此句型可翻譯成「以Ａ為Ｂ」或是「把Ａ當作Ｂ」。修飾型態為「ＡをＢにした／ＡをＢとした＋名詞」。

> 名詞Ａを名詞Ｂ ＋として / に（して）

・いろいろな文献を参考として、このレポートを書き上げました。

　我拿各種文獻當參考資料，寫完了這份報告。

・うちの旦那は出張を理由に（して）、浮気相手とこっそり会っていた。

　我家老公以出差為理由，偷偷地見外遇對象。

・大学生を対象に（して）／として、ワークショップを開いた。

　以大學生為對象，開了工作坊。

　＝大学生を対象にした／としたワークショップを開いた。

　開了以大學生為對象的工作坊。

日文句型 ⑦ ～として（は）／としての／としても 🎧 046

身為、做為。「として」代表身分、立場、用途，後面加上不同助詞「は（立場的主題化、對比）」「の（連接後方名詞）」「も（也）」。此處「する」＝「～の立場で」。

> 名詞＋としては / としても｜名詞＋としての＋名詞

・親としては、子供の夢を実現させてあげたいと思っている。

　為人父母，我希望可以實現孩子的夢想。

・この部屋はオフィスとしては狭すぎると思う。

　這房間作為辦公室，我覺得太小了。

・お前それでも教師なの？教師としての責任を感じてほしい。

你這樣也算老師？我希望你感受到身為教師的責任。

・彼女は女優だけでなく、声優としても活躍している。

她不僅僅是女演員，作為聲優也是相當活躍的。

比較

「にしては」 vs. 「としては」

A） 林選手は、テニス選手にしては背が低い。

林選手以網球選手來看身高很矮。

B） 林選手は、テニス選手としては背が低い。

林選手作為網球選手身高很矮。

B 純粹客觀以網球選手身分論述林選手的身高，但 A 帶有「網球選手應該要很高，但林選手卻沒那麼高」的意涵。

「こそ／さえ」家族

「こそ／さえ」家族

日文句型

① ～こそ（副助詞）🎧047

こそ主要功用是強調前方內容，代表「這個才是、這個正是、就是這個」。前方若為動詞需用辭書形加上「こと」來名詞化。

> **名詞＋こそ**

- こちらこそ、よろしくお願いいたします。

  我才要請您多多指教。

- 今年こそ司法試験に合格したい。

  今年我一定要考過司法考試。

- 私にとって寝ることこそ、最高のストレス解消法だ。

  對我來說，睡覺這件事才是最好的紓壓方式。

★ 「こそ」可與其他助詞結合使用。除了「が、を」，其餘助詞皆不得省略，且除了「が」之外「こそ」均放助詞後。

- 私こそが、新世界の神だ！

  我才是新世界的神。

- 本日は、現代人にこそ知ってもらいたい最強の時間管理術を紹介します。

  今天，我要來介紹希望現代人知道的最強時間管理術。

- 彼女のことを愛しているからこそ、別れることにしたんだ。

  我正是因為愛著她，才決定要跟她分手的。

② ～てこそ 🎧048

要先完成～，才可以…。意近「～てはじめて」。

> 動詞て形＋こそ

- 授業で習った表現は実際に<u>使ってこそ</u>、身につくのだ。

  課堂上學到的用法，唯有實際使用過後才能真的學會。

- 子供を<u>育ててこそ</u>、親の苦労が分かるものだ。

  唯有自己養過小孩，才會知道父母的辛勞。

- 血の滲むような努力を<u>してこそ</u>、プロの世界で生きていけるようになるのだ。

  唯有艱辛的努力，才能在職業的世界中生存下去。

③ ～さえ（副助詞）🎧049

連～都這樣了，更何況其他。提出一個極端情況來類推其他情況，「さえも」是更強調的用法。動詞用辭書形加上「こと」來名詞化。

- あの子はもう中学生なのに、自分の名前<u>さえ</u>書けない。

  那孩子明明都國中了，卻連自己的名字都不會寫。

- 財布には 20 円しかない。コーヒー<u>さえ</u>買えない。

  錢包中只有 20 日圓。連咖啡都買不起。

- 詐欺に遭って全財産を失った彼は、生きる目的<u>さえも</u>失った。

  碰到詐欺而失去所有財產的他，連活下去的目的都失去了。

- テニスでひざを痛めてしまい、歩く<u>ことさえ</u>ままならない。

  因為打網球傷了膝蓋，連走路都不太行。

★若有非代表主格或受格的助詞時，さえ要放在助詞後方。若是主格名詞當主題強調時，可使用「～でさえ」。此時「で」是斷定助動詞「だ」的「て形」。

・乗(の)り物(ものきょうふしょう)恐怖症の彼(かれ)は、電車(でんしゃ)にさえ乗(の)ったことがない。

　有交通工具恐懼的他，連電車都沒有搭過。

・写真(しゃしん)と実物(じつぶつ)が全(まった)く違(ちが)うじゃないか。こんなの詐欺(さぎ)とさえ言(い)えるよ。

　照片跟實物根本完全不同不是嗎？這種根本可以說是詐騙了吧。

・そんなの常識(じょうしき)だ。小学生(しょうがくせい)でさえ（それを）知(し)っているよ。

　那是常識吧。連小學生都知道喔。

日文句型 ④ ただでさえ〜 🎧050

連普通的狀況都這樣了，遑論更極端的狀況當然更〜。

・ただでさえ時間(じかん)がないのに、また仕事(しごと)を頼(たの)まれちゃったよ。どうしよう。

　平常就都沒時間了，又被派了工作。怎麼辦？

・またゲームに課金(かきん)しちゃったの？ただでさえ出費(しゅっぴ)が多(おお)いのに、いい加減(かげん)にしろよ。

　你又加值遊戲點數了？我們原本花費就夠多了，你適可而止吧。

⑤ さえ～ば 051

只要…就

> 動詞：ます形＋さえすれば、て形＋さえいれば（進行式）
>
> い形容詞：～くさえあれば｜な形容詞：～でさえあれば｜名詞：～さえ～ば
>
> 名詞句：～でさえあれば

- 私は暇さえあれば、ネットフリックスでアニメを見ている。

  我只要有閒，就會在 Netflix 上面看動畫。

- 彼は自分さえよければ他人がどうなってもいい自己中心的な人だ。

  他是只要自己好，其他人怎樣都沒差的自私鬼。

- 給料さえもらえれば、どんな仕事でもする。

  只要能拿到薪水，我什麼工作都做。

- 若くさえあれば、彼氏が見つからないことはない。

  只要還年輕的話，就不會找不到男朋友。

- 真面目でさえあれば、学歴や経験を問いません。

  只要認真，我們不問學歷或經驗。

- 条件ですか？美人でさえあれば、性格が悪くてもオッケーです。

  條件嗎？只要是美女，個性差一點也 OK 啦。

- 薬を飲みさえすれば、風邪ぐらいすぐ治ると思うよ。

  我想只要有吃藥的話，感冒這種小病馬上就會好了。

比較 **「さえ」作用於名詞上 vs. 作用於動詞上**

A1：仕事さえ見つかれば、日本に移住できると思います。

A2：仕事が見つかりさえすれば、日本に移住できると思います。

　　　只要找到工作，我想是可以移居日本的。

B1：生きてさえいれば、希望は必ずありますよ。

B2：生きていさえすれば、希望は必ずありますよ。

　　　只要活著，希望是一定會有的。

C1：努力さえすれば、乗り越えられないものはありません。

C2：努力しさえすれば、乗り越えられないものはありません。（△）

　　　只要努力，沒有跨越不了的障礙。

＊三類動詞由於較為繞口，幾乎只使用 C1 的說法

D1：ヒロシ塾にさえ行けば、JLPT なんか簡単に受かるよ。

D2：ヒロシ塾に行きさえすれば、JLPT なんか簡単に受かるよ。

　　　只要去 Hiroshi 補習班，JLPT 很簡單就考得過喔。

①在動詞名詞句的組合中，さえ作用在名詞或動詞皆可，但作用在動詞上（如 A2、B2、C2、D2）強調動詞的情緒更強烈。　②進行式可用「〜てさえいれば（放て形後）」「〜ていさえすれば（作用在輔助動詞います上）」兩種構造。　③若碰到動詞前方搭配特定助詞時，「さえ」可放助詞後方（D1），也可作用在動詞上（D2）。

「ところ」家族

日文句型 ① ～たところ 🎧052

做了某事的場面上碰巧發生某事或有新發現。

> 動詞た形＋ところ

- 友人のアパートを訪ねたところ、もうそこには住んでいなかった。

  我造訪了朋友的公寓，結果他沒有住在那裡了。

- 電話してみたところ、知らない男が電話に出てびっくりした。

  我試著打了電話，結果是個不認識的男生接的嚇了我一跳。

- 病院で検査を受けたところ、特に異常はないと言われた。

  在醫院接受檢查，結果被告知沒有特別的異常。

日文句型 ② ～ところを 🎧053

> 各類詞性常體 ｜ な形容詞現在肯定＋な ｜ 名詞現在肯定＋の ｜ ＋ところを

用法① 某件事在某場面上發生了（動詞接續通常為進行式，主時態為過去式時「ている」「ていた」皆可，後方常用他動詞，「ところ」（場面）為受詞）

- みんなが寝ていたところを、大地震が襲ってきた。

  大家都睡著的時候，大地震襲來。

- カンニングしているところを、先生に見つかってしまった。

  作弊的當下被老師抓包了。

- 黒ずくめの男たちが怪しげな取引をしているところを目撃した。

  我目擊了一群全身黑衣的男子們進行可疑的交易。

・彼女とキスしている<u>ところ</u>を女房に見られてしまった。

我跟她親親的場面被老婆看見了。

用法②　在這樣的場面、時間點上。常用於感謝、道歉，表示明明是這樣的狀況卻中斷了，給您帶來不便，用於較正式的場合。「ところを」的「を」可以省略。

・お忙しい<u>ところ</u>申し訳ありませんが、こちらの書類をちょっと確認していただけますか？

在您百忙之中打擾，非常不好意思，可以麻煩您確認一下這份資料嗎？

・お休みの<u>ところ</u>を、お電話して申し訳ございません。

在您休息的時候打電話給您，真的很抱歉。

・お急ぎの<u>ところ</u>を恐縮ですが、ちょっとお伺いしたいことがありまして。

在您趕時間的時候真不好意思，有想要請教您的事情。

・お足元の悪い<u>ところ</u>をご来場いただきまして心から感謝申し上げます。

今天天候不佳，您還特地前來會場，由衷地感謝。

用法③　表示對比，也可用「ところだが」，代表與一般狀況不同。

・いつもなら30分で着く<u>ところ</u>を、渋滞に巻き込まれて1時間もかかってしまった。

平時 30 分鐘就會到，但碰到塞車花了一小時之久。

・通常は 2000 円の<u>ところ</u>を、今日は半額の 1000 円にいたします。

平時 2000 元，但今天算半價 1000 元給大家。

・冷静に考えれば詐欺だとわかる<u>ところ</u>を、うっかり騙されてしまった。

冷靜想想就會知道是詐騙，但還是不小心被騙了。

・安物買いの銭失いと言いたい<u>ところだが</u>、そこまで安いとも言えないよね。

本來是很想說買便宜貨因小失大，但也不能說便宜到哪去。

③ 〜ところで 🎧054

動詞た形＋ところで

用法①　就算〜。表示逆接的語氣。

・<u>泣いたところで</u>、死んだペットは生き返らない。

就算哭，死掉的寵物也不會復活。

・これ以上<u>議論したところで</u>時間の無駄だ。もう帰ろう。

就算再討論下去也只是浪費時間而已。回家吧。

用法②　在某個場面或時間點上發生某事。

・野良犬に追いかけられる夢を見たんですよ。ちょうど足を<u>嚙みつかれたところで</u>目が覚めました。

我做了一個被野狗追的夢。然後，就在腳被咬到的時候醒了。

・コロナのワクチンを接種してから8時間<u>経ったところで</u>、高熱が出た。

接種新冠疫苗經過八小時後，開始發高燒。

日文句型 ④ ところへ／ところに 🎧055

「ところ」表示場面，代表該場面出現了某狀況。「へ」表方向、「に」表到達點或時間點。

> 動詞辞書形 / 〜ている / 〜ていた / た形｜い形容詞｜ ＋ところへ / ところに

- 上司の悪口を言っているところに、本人が現れた。

  正在說上司壞話的時候，本尊就現身了。

- いいところに来たね。今からカラオケに行くんだけど一緒に行かない？

  你來的正是時候啊。我們現在要去唱卡拉 OK，你要不要一起去？

- 家を出ようとしていたところへ、電話がかかってきた。

  我正準備出門的時候，電話就打來了。

- 小林さんとデートしているところへ、元カノがやってきた。

  我正在跟小林約會的時候，前女友來了。

日文句型 ⑤ 〜たところが 🎧056

表示與預想不同，意近「〜のに、〜にもかかわらず」。也可直接當接續詞使用，如：「〜。ところが、〜」。

> 動詞た形＋ところが

- 息子に自転車をプレゼントしたところが、喜んでくれなかった。

  我送了兒子腳踏車，但他並沒有很開心。

- 急いで駆けつけたところが、試合はもう終わっていた。

  雖然我急忙趕了過去，但比賽已經結束了。

⑥ ～ところを見ると 🎧057

ところ在此指某個狀況、跡象。代表從一個跡象來看的話。

動詞常體＋ところを見ると

- メッセージを既読無視したところを見ると、彼女は僕に興味がないかも。

  從她訊息已讀不回這點來看，她可能對我沒有興趣。

- オフィスの電気がついているところを見ると、部長はまだ残業しているのだろう。

  從辦公室電燈亮著這點來看，部長應該還在加班吧。

⑦ ～どころではない、～どころじゃない 🎧058

用法① 表示現在可不是做某事的時候、或無心做某事。「どころ」是「ところ」與前面動詞或名詞複合後產生連濁的結果。

動詞辞書形｜名詞　＋どころではない

- 失恋して仕事どころではないんです。一日だけ休ませていただけますか？

  我失戀所以完全無心工作。可以讓我休假一天嗎？

- 期末試験が迫ってきたんだけど、母が入院してしまって勉強どころじゃない。

  雖然期末考逼近，但因為媽媽住院，根本沒有心情唸書。

- 隣の家が火事になって、ゆっくり晩御飯を食べるどころではなかった。

  隔壁家失火，當時根本沒辦法悠閒地吃晚餐。

・A：「今家でパーティーをやってるんだけど、来ない？」

　B：「それどころじゃないよ。今日中にレポートを出さないといけないんだから。」

　A：「現在家裡在辦派對，你要來嗎？」

　B：「現在沒心情啦，今天有一份報告要交。」

用法②　表示程度遠不僅此。也說成「〜どころの騒ぎではない」。

動詞辭書形 / ている｜名詞 / い形　＋どころじゃない

・A：「カメに噛まれたって？痛いでしょう。」

　B：「痛いどころじゃないよ。指を骨折したよ。」

　A：「聽說你被烏龜咬到啊！很痛吧？」

　B：「豈止痛啊，我手指骨折耶。」

・A：「ラッシュアワーの電車、すごく混んでるでしょう。」

　B：「混んでるどころの騒ぎじゃないよ。身動きが取れず呼吸困難になりかかったよ。」

　A：「尖峰時段的電車，很擁擠吧！」

　B：「豈止擠，動也不能動都快呼吸困難了。」

⑧ 〜どころか 059

豈止、甚至完全相反。由「どころ（ところ複合後連濁）」＋「終助詞か（疑問、反問）」構成。

常體	名詞、な形容詞現在肯定不加だ（可加である）　＋どころか

- A：「彼女を知っていますか？」
  B：「知っているどころか、僕の妹ですよ。」

  A：「你認識她嗎？」

  B：「何止認識，她是我妹喔！」

- A：「ジムに通ってるんだって？痩せた？」
  B：「痩せるどころか、3キロ太っちゃったよ。」

  A：「聽說你去健身房啊？瘦了嗎？」

  B：「不但沒瘦，還胖了3公斤。」

- うちの子は英語どころか、母国語さえ流暢に話せないよ。

  我家小孩別說英文了，連母語都說得不流利。

- 100万円どころか、今は10万円も払えないよ。

  別說100萬日圓了，現在我連10萬都付不出來。

比較

「どころか」與「どころではない」的用法②語意相近，但「どころ（の騒ぎ）ではない」若用於負面情況，只能表示狀況更糟。

・彼の部屋は汚い<u>どころか</u>、まるでゴミ屋敷だ。（〇）
・彼の部屋は汚い<u>どころじゃない</u>。まるでゴミ屋敷だ。（〇）

他的房間豈止髒，根本像是垃圾屋。

・彼の部屋は汚い<u>どころか</u>、モデルルームのようだ。（〇）
・彼の部屋は汚い<u>どころじゃないよ</u>。モデルルームのようだ。（×）

他的房間不但不髒，根本是展示屋。

「だけ」家族

*核心意涵：限定前方內容範圍、符合前方內容或程度

日文句型

① だけ 🎧060

> 各類詞性常體｜な形容詞現在肯定～な｜名詞現在肯定だ　＋だけだ
> 後方若連接句子使用「だけで、～」，連接名詞使用「だけの～」。

用法① 只有～。「～だけでは～ない」代表「只有～的話無法～」，「は」為主題化
及強調對比的功能。

・風邪を引いた<u>だけだ</u>。休めばよくなると思う。

　只是感冒而已，我想休息一下就好了。

・ヒロシ先生の本を読む<u>だけで</u>、日本語が上手になるよ。

　只要讀 Hiroshi 老師的書，日文就會變強喔。

・今の給料<u>だけでは</u>食べていけ<u>ない</u>から、アルバイトもしている。

　因為光靠現在的薪水無法活下去，所以我還有打工。

用法② 前方放可能形代表限度範圍，若放慾望內容如「たい」、「ほしい」代表盡情
地～直到滿意、夠了為止。

・仕事をしたくないならしなくていい。<u>遊びたいだけ</u>遊んでいいよ。

　不想工作的話不做也沒關係。可以盡情地愛怎麼玩就怎麼玩喔。

・取れたてのイチゴです。遠慮せずに<u>ほしいだけ</u>持って行ってください。

　這是剛採收的草莓。不要客氣，想拿多少就拿多少。

・負けちゃったけど、<u>やれるだけ</u>のことはやったから悔いはない。

　雖然輸了，但能做的都做了，所以一點也不後悔。

・ワインはまだたくさん残っているので、<u>飲めるだけ</u>飲んでいいですよ。

　酒還剩下很多，所以能喝多少就喝沒關係喔！

用法③ 死馬當活馬醫。動詞前後重複出現，代表「ダメ元<ruby>元<rt>もと</rt></ruby>で〜してみる（反正試試，不行就算了）」的語氣。

動詞辞書形＋だけ＋動詞

- <ruby>会<rt>あ</rt></ruby>ってくれないかもしれないけど、<ruby>行<rt>い</rt></ruby>くだけ<ruby>行<rt>い</rt></ruby>ってみよう。

  雖然他可能不會見我們，但還是試著去看看吧。

- <ruby>選<rt>えら</rt></ruby>ばれる<ruby>可能性<rt>かのうせい</rt></ruby>は<ruby>低<rt>ひく</rt></ruby>いけど、<ruby>申<rt>もう</rt></ruby>し<ruby>込<rt>こ</rt></ruby>むだけ<ruby>申<rt>もう</rt></ruby>し<ruby>込<rt>こ</rt></ruby>んでみようと<ruby>思<rt>おも</rt></ruby>っている。

  雖然被選上的可能性很低，但我還是想說試著申請看看。

- <ruby>断<rt>ことわ</rt></ruby>られると<ruby>思<rt>おも</rt></ruby>うけど、<ruby>頼<rt>たの</rt></ruby>むだけ<ruby>頼<rt>たの</rt></ruby>んでみるね。

  雖然我覺得應該會被拒絕，但我還是會試著拜託看看。

- N1は<ruby>難<rt>むずか</rt></ruby>しいから<ruby>落<rt>お</rt></ruby>ちると<ruby>思<rt>おも</rt></ruby>うけど、<ruby>受<rt>う</rt></ruby>けるだけ<ruby>受<rt>う</rt></ruby>けることにした。

  N1很難所以我想我考不過，但還是決定考考看反正沒差。

日文句型 ② 〜ば〜だけ／〜たら〜ただけ／辞書形＋だけ 🎧061

越〜就會越〜，與「〜ば、〜ほど」同義。此處「〜だけ」代表相對應於前者，後者也會等比例增加。

- <ruby>子供<rt>こども</rt></ruby>に<ruby>注意<rt>ちゅうい</rt></ruby>すればするだけ、<ruby>反抗<rt>はんこう</rt></ruby>してくるのでほどほどにしよう。

  小孩越是念他就越會反抗，所以適可而止吧。

- <ruby>練習<rt>れんしゅう</rt></ruby>は<ruby>大変<rt>たいへん</rt></ruby>だけど、<ruby>練習<rt>れんしゅう</rt></ruby>したらしただけ、<ruby>上手<rt>じょうず</rt></ruby>になるものだ。

  雖然練習很辛苦，但越練習就會越厲害。

- <ruby>彼<rt>かれ</rt></ruby>は<ruby>聞<rt>き</rt></ruby>く<ruby>耳<rt>みみ</rt></ruby>を<ruby>持<rt>も</rt></ruby>たないから、<ruby>言<rt>い</rt></ruby>うだけ<ruby>無駄<rt>むだ</rt></ruby>だよ。

  他根本不會聽，所以講再多都是白講。

③ ～だけの＋名詞 🎧062

> 動詞辭書形 / 可能形 / た形　＋だけの＋名詞

足以～的、與～相對應的。此處「～だけ」代表符合前述之程度。

- 当時の僕には、<u>彼女に自分の気持ちを伝えられるだけの</u>勇気がなかった。

  當時的我，並沒有足夠向她表達自己心意的勇氣。

- <u>一定期間無収入でも生きられるだけの</u>貯蓄を用意しておく必要がある。

  準備好就算一段時間沒有收入也能過活的儲蓄是必要的。

- こんなくだらない研究に、<u>時間を費やすだけの</u>価値はないと思う。

  我覺得花時間在這種無聊的研究上是很不值得的。

- うちは貧乏なので、<u>海外旅行に行くだけの</u>余裕はない。

  我們家很窮，沒有去海外旅遊的餘裕。

④ だけで（は）なく／だけじゃなく 🎧063

> 各類詞性常體｜な形容詞現在肯定～な / である｜
>
> 名詞現在肯定だ｜
>
> 名詞句＋である｜　＋だけでなく

不只～。意同「～ばかりでなく」「～のみならず」。連接時使用口語的「くて」或書面的連用中止形「く」。「だけではなく」常省略「は」。另外「では」口語為「じゃ」。

- このスマホケースは衝撃に強いだけでなく、防水加工もされているのでおすすめです。

  這個手機殼不僅耐摔，還有防水的設計非常推薦。

- 嫌な仕事をし続けると、体だけでなく、心も疲れてしまいます。

  一直做討厭的工作的話，不只身體連心都會累。

- 京都はいい所ですよ。秋に行けば、紅葉だけじゃなくて温泉も楽しめます。

  京都是好地方喔。秋天去的話不僅可以賞楓，還能享受溫泉。

- 食事は喜びであるだけでなく、生命の維持に欠かせない。

  吃飯不僅是開心的事，對維持生命也不可或缺。

日文句型
⑤ ～だけ（まだ）ましだ 🎧064

| 各類詞性常體｜な形容詞現在肯定 - な / である｜
| 名詞現在肯定＋である｜＋だけましだ |

雖不是太好，但至少以～來看還不差。「まし」意思是與更差的比還算不錯。

- うちの会社は、残業は多いけど、残業手当が出るだけましです。

  我們公司雖然加班多，但至少還有加班費還不錯。

- 今日は寒いけれど、雪が降っていないだけまだましだ。

  今天雖然很冷，但至少沒下雪還不錯。

- 地方に飛ばされたれど、首にならなかっただけましだ。

  雖然被派到非首都圈的地方去，但沒被開除是萬幸了。

⑥ 〜だけあって／
だけ（のことは）ある 🎧065

各類詞性的常體｜な形容詞現在肯定〜な / である｜
名詞現在肯定だ– / な / である｜　＋だけあって / だけに / だけある

名不虛傳、不愧是、與某個名聲相襯，常與副詞「さすが（不愧是）」合用。構造為「だけ（符合前方內容）」＋「のことはある（有這樣的事情）」。「〜だけあって」是「〜だけのことはあって」簡化而來。

- 有名な観光スポットだけあって、いつ来ても観光客が多い。

  不愧是有名的觀光景點，不管何時來觀光客都很多。

- そのホテルのサービスは本当に至れり尽くせりだった。さすが五つ星ホテルだけのことはある。

  那間飯店的服務真是無微不至，不愧是五星級飯店。

- このチョコレートは一口食べるとすっかり病みつきになってしまう。値段が高いだけあるね。

  這巧克力吃一口就會上癮。真的貴得有道裡啊！

日文句型 ⑦ 〜だけに 066

> 各類詞性的常體｜な形容詞現在肯定＋な／である｜
> 名詞現在肯定だ／な／である ＋だけに

用法① 正因為

- ラスボス<u>だけに</u>、攻撃力が高く簡単には倒せない。

  不愧是最終大魔王，攻擊力很高沒那麼簡單可以打倒。

- 佐藤さんは 15 歳までアメリカに住んでいた<u>だけに</u>、英語はネイティブレベル
  です。

  不愧是在美國住到１５歲的人，佐藤的英文是母語程度。

- 佐藤さんは帰国子女な／であるだけに、英語の発音がきれいです。

  不愧是歸國子女，佐藤的英文發音非常漂亮。

用法② 正因〜反而更加地。

- 健康な生活を送っていた<u>だけに</u>、ガンと診断されたときはショックだった。

  正因為平時很健康，所以被診斷出罹癌時很震驚。

- 昨日までは一位だった<u>だけに</u>、メダルを取れなかった悔しさは大きい。

  正因為一直到昨天都是第一名，所以沒能拿到獎牌感到十分不甘心。

- 彼は有名であるだけに、些細な失言ですぐ炎上する。

  正因為他很有名，會因細微的失言而馬上炎上。

- 子供だけに／子供なだけに／子供であるだけに、難しい漢字が読めたので、
  周囲が驚嘆した。

  正因為是小孩，所以可以念出很難的漢字，周遭的人都嘖嘖稱奇。

- 敏感な問題であるだけに、慎重に対応すべきである。

  正因為是敏感的問題，所以應該要慎重因應。

日文句型

① ～上（に） 🎧067

> 各類詞性常體｜な形容詞現在肯定＋な / である｜
> 名詞現在肯定＋の / である｜ ＋上（に）

「に」有疊加的意涵，表示除此之外再加上。「A 上に B」可想成 A 上面再放上 B，
常用來並列兩件同質的敘述。也常使用「そのうえ」代替前句提到的事項。

- 佐藤さんはほぼ毎日遅刻する上によく会議で居眠りする。

  佐藤不僅幾乎每天遲到，還常在會議中打瞌睡。

- この島のバスは、路線が複雑な上、運賃も高いので、利用者は少ない。

  這個島上的公車，不僅路線複雜而且車費又貴，所以搭乘者很少。

- 最近は寝不足の上に、ご飯もろくに食べていないので死にそうだ。

  最近我不但睡眠不足也沒好好吃飯，所以感覺快死了。

- 八木先生は5か国語も話せて、その上スポーツも得意だそうだ。

  八木老師聽說會講五國語言，而且也很擅長運動。

★類似句型：～に加えて（除～之外，也）。

> 名詞｜句子名詞化（常體＋の）｜
> な形容詞現在肯定＋であるの / なの｜ ＋に加えて

- ヒロシ社は、給料が高いのに加えて、休みも多い。

  Hiroshi 公司除了薪水高，休假也多。

- この大学では日本語に加えて、韓国語も学べる。

  在這間大學除了日文之外，也能學韓文。

- LED は省エネであるのに加え、寿命も長いので普及しつつある。

  LED 不僅省電壽命也很長，所以正在慢慢普及當中。

- ロシア語は、文法が複雑**なのに加えて**発音も難しいので挫折しやすい。

  俄文除了文法複雑之外，發音也很難所以容易挫折。

日文句型 ② ～た上（で） 🎧068

> 動詞た形｜名詞＋の｜　＋上で
> 後方可連接名詞成爲「～上の＋名詞」/「～上での＋名詞」

必須在～已完成的基礎上。構造為「～た形（完成）」＋「上で（在上面）」。

- 医師と相談した上で、ワクチンを接種するかどうかご判断ください。

  請與醫師諮詢過後，再判斷是否接種疫苗。

- こちらが契約書です。内容をご確認の上、サインをお願いします。

  這份是契約。麻煩請確認完合約內容後簽名。

- 離婚は長く考えた上での決定だから、気持ちが変わることはない。

  離婚是我考慮很久之後的決定，所以我是不會改變心意的。

日文句型 ③ ～上（で） 🎧069

> 動詞辭書形｜名詞＋の｜　＋上で

一般情況下做某事時的重要前提或必要事項。可想成一個目的上需要某條件支撐。

- 外国語を勉強する上で、いい教科書は欠かせない。

  在學習外語的時候，好的教科書是不可或缺的。

・面接を受ける上で、気を付けるべきことは何でしょうか。

接受面試的時候，必須小心的事情是什麼呢？

・この論文は、外国語教育の研究の上で参考になります。

這篇論文在外語教育的研究上非常具有參考價值。

・ブランド構築の上で重要なのは、自分の強みを明確にすることです。

建立品牌時最重要的是明示自己的強項。

★後方客觀敘述某事進行時的重要條件，不會有意識性的動作論述。單純表達先後順序使用「～前に」即可。

・留学する上で（×）/ 前に（○）、秋葉原で電子辞書を買いました。

留學之前我在秋葉原買了電子字典。

★類似句型：～際（に）（は）／～に際して（は）

動詞辞書形 / た形　＋際に｜動詞辞書形＋に際して｜
名詞　＋の際に / に際して

～之際。「～の時に」的正式說法。「～に際して」正式情況常用連用中止形的「～に際し」，或禮貌的「～に際しまして」。「際には」的「に（時間點）」、「は（主題化）」可依句子重點省略。若後方連接名詞以「の」連接。注意：「～に際して」用在馬上要做、或正在做的事；而「～際に」用於當下的事。

・運賃はお降りの際に運賃箱にお入れください。

車費請於下車時投入零錢箱。

・海外で車をレンタルする際（に）は国際免許証が必要です。

在海外租車時，必須要有國際駕照。

- 先日御社を訪問した際に、営業の小林さんと意気投合してそのままお付き合いすることになりました。

  先前拜訪貴公司之際，跟業務的小林一拍即合就直接交往了。

- ご注文に際しまして、質問がございましたらこの欄にご記入ください。

  您在下訂的時候若有疑問，請填寫在此欄中。

- 会員が当サイトを利用するに際して、以下の行為を禁止します。

  會員在使用本網站時，禁止以下的行為。

- 市長選挙に際し、皆様から多くのご支援をいただき、心より感謝いたします。

  市長選舉之際，從各位獲得許多幫助，由衷地表示感謝。

- 書類提出に際しての注意事項を必ずお読みください。

  請務必閱讀提交備審資料時的注意事項。

日文句型 ④ ～上で（は）／～上（は）〔070〕

名詞＋の＋上で（は）/ 名詞＋上（は）/ 名詞＋上の＋名詞

從～層面、觀點上來看。「～上（上面）」＋「で（限定範圍）」＋「は（主題化、對比）」，助詞「は」常省略，或換成「も」表示即便如此。「名詞＋上」因為是複合名詞，漢字音讀語感更正式生硬。

- 暦の上ではもう春ですが、寒い日がまだまだ続いています。

  從日曆上來看已經是春天了，但寒冷的日子還是一直持續著。

- 有休をとって他社の面接を受けるのは、法律の上では問題ない。

  請年假去別家公司面試，在法律上來說沒有問題。　＊「有休」為「有給休暇」之簡縮語

- 竜は想像上の生き物で、実際には存在しない。

  龍是想像中的生物，實際上不存在。

- タイムマシンを作って過去に戻ることは理論上は可能です。

  做出時光機回到過去這件事，理論上是可行的。

- 酒の上でも、してはいけないことがあるんだよ。

  就算是喝了酒，有些事情還是不能做的。

日文句型

⑤ 〜上は（≒からには、以上） 🎧071

動詞辞書形 / た形＋上は

既然。表示在某個無法改變的前提上。用於表達強烈決心或被逼到只能採取某行動。

- 試合に出る上は、優勝したい。

  既然要參加比賽，我就想拿冠軍。

- 試験を受けると決めた上は、しっかりと準備をしないといけない。

  既然決定要參加考試了，那就必須好好準備。

- キャプテンに選ばれた上は、ベストを尽くしてチームを優勝に導くつもりだ。

  既然被選為隊長，那我打算盡全力幫助隊伍拿到冠軍。

- コロナで我が社は倒産の危機に立たされている。かくなる上は、リストラもやむを得ないだろう。　　＊「かくなる上」為慣用句，「かくなる」為古文的「こうである」。

  因為新冠疫情我們公司正在破產的邊緣。既然都這樣了，那我想裁員也是沒辦法的事吧。

★類似句型①：以上（は）

> 各詞性常體 / 名詞現在肯定形＋である｜な形容詞現在肯定＋である｜　＋以上

既然〜就。後方常有義務、決心、或不得不怎樣的無奈感。

- 給料をもらっている<u>以上は</u>、会社の指示に従わなければならない。

  既然領公司薪水，那就必須要遵從公司指示了。

- オリンピックに出場する<u>以上</u>、国のために金メダルを取りたい。

  既然要出賽奧運，希望可以為國家拿下金牌。

- 我々の秘密を知られた<u>以上</u>、死んでもらうしかない。

  既然被你知道了我們的秘密，那也就不能留你活口了。

- 日本語の先生である<u>以上は</u>、ネイティブのように日本語が使えなければならない。

  既然是日文老師，那就必須能像母語人士一樣使用日文。

★類似句型②：〜から（に）は

> 各類詞性常體｜名詞 / な形容詞現在肯定＋である｜　＋からには

既然〜當然就。後方常放義務、判斷、命令或決心。

- あまり気が進まないだろうが、やる<u>からには</u>最後までやりきれ。

  可能你不太想做，但既然要做就做到最後。

- 家族の反対を押し切って作家になった<u>からには</u>、早くヒット作品を書いて自分を証明したい。

  既然不顧家人反對當了作家，就想快點寫出暢銷作品證明自己。

- 社会人である<u>からには</u>、責任をもって仕事をこなさなければならない。

  既然是社會人士，就必須要扛起責任處理好工作。

- 彼女を犯人として逮捕した<u>からには</u>何か確実な証拠があるに違いない。

  既然將她以犯人身份逮捕，一定是有什麼決定性的證據。

日文句型
① ことだ 🎧072

用法① 建議或忠告時使用。可想像成建議對方「就是這麼回事，就做這件事」。有上
　　　對下的語氣，對長輩建議用「〜たらいいと思います」「〜た方がいいです」。

動詞辭書形 / ない形　＋ことだ

- 悩みがあったら一人で抱え込まないで、誰かに相談する<u>ことです</u>よ。

  如果有煩惱不要自己一個人承擔，去找個人商量吧！

- 物は試し。何事も試してみる<u>ことだ</u>。

  凡事就是要嘗試。任何事物就是要去試試看。

- 上手になりたければ、一生懸命に練習する<u>ことだ</u>。

  想要變厲害的話，就要非常努力練習。

- どんなことがあっても、絶対に自分の夢を諦めない<u>ことです</u>。

  不管發生什麼事，都絕對不可以放棄自己的夢想。

- デング熱を防ぐには、とにかく「蚊に刺されないようにする」<u>ことです</u>。

  要預防登革熱，簡而言之就是「盡量不要被蚊子叮到」。

用法② 表達感嘆。前方連接時常使用<u>形容詞</u>或<u>動詞</u>「<u>た形</u>」。口語常說成「〜こった」
「大変なこった。」（糟了！）

- 戦争で罪のない市民がたくさん死んだのは、**大変痛ましいことだ**。

  很多無辜的市民因為戰爭而死亡，這真是很讓人痛心的事。

- 簡単な漢字も書けない若者が増えている。**嘆かわしい／困ったことだ**。

  連簡單漢字都不會寫的年輕人不斷增加。真是令人嘆息 / 傷腦筋。

日文句型 ② ～ことか／～ことだろう（か）／～ことでしょう（か） 🎧073

> 各類詞性常體│な形容詞現在肯定＋な／である│
> 名詞現在肯定である│　＋ことか／～ことだろう（か）／～ことでしょう（か）

表達感嘆或推測（帶有情感）。前方常放「何度」「なんて」「なんと」「どんなに」「どれほど」（多麼地～）等加強感嘆語氣的副詞，或用「さぞ」「きっと」等推測副詞連接「ことだろう」。此時為推測用法，句尾不能加「か」。

- こんな風に彼氏から別れを告げられて、さぞ悲しかった<u>ことだろう</u>。

  這樣子被男友提分手，應該很難過吧。

- また一年が終わろうとしている。時の流れは何と早い<u>ことでしょう</u>。

  一年又要過去了。時間的流逝是多麼地快速啊。

- この本の執筆を完成させるのは、どれだけ大変な<u>ことか</u>。

  要完成這本書，是多麼辛苦啊。

- やっと N1 に合格した！この日をどんなに待った<u>ことか</u>。

  總算考過 N1 了。我等這一天等多麼久啊。

③ ことだ／ことだから 🎧074

名詞＋ことだ / ことだから

因為是…所以我覺得應該會～。表示很熟悉某個主題，所以這樣推測。

- 時間にルーズな彼の<u>ことだ</u>。今日もきっと会議に遅刻するんだろう。

  因為他很沒有時間觀念，所以今天會議應該也會遲到。

- 朝寝坊の小林さんの<u>ことだ</u>。今はまだ寝ていると思うよ。

  因為是常常睡過頭的小林，我想現在他應該還在睡吧。

- 父の<u>ことだから</u>、仕事が終わるまで家に帰ってこないんだろう。

  以我爸的個性來看，工作做完前應該不會回家吧。

- あいつの<u>ことだから</u>、この程度の失敗で諦めるわけがない。

  那傢伙的話，是不可能因為這點程度的失敗就放棄的。

④ ～こと 🎧075

動詞辞書形 / ない形 / 動作性名詞＋の ＋こと

叮嚀<u>必須要做</u>／不要做某件事情，較常見於書面。

- 水曜日までにこのレポートを提出する<u>こと</u>。

  請在周三之前提交這份報告。

- 本試験では 2B の鉛筆を使用する<u>こと</u>（ボールペンは不可）。

  本次考試必須使用 2B 鉛筆（不可使用原子筆）。

・ブドウの皮には農薬がついている恐れがあるので、皮ごと食べないこと。

　因為農藥可能會殘留在葡萄皮上，所以請不要連皮吃。

・受験申込書を郵送で提出する場合は、2月24日までに必着のこと。

　若考試報名表以郵寄方式提交，則必須在2月24日前送達。

日文句型 ⑤ 〜ことに（は）🎧076

動詞た形、可能形ない形 / い形容詞〜い / な形容詞〜な　＋ことに

令人〜的是。代表說話者的心情。前方搭配的詞有限，常見的有「うれしいことに」
「悲しいことに」「悔しいことに」「面白いことに」「珍しいことに」「ありがた
いことに」「残念なことに」「幸いなことに」「困ったことに」「驚いたことに」等。

・悲しいことに、彼女は交通事故で命を落としてしまった。

　令人悲傷的是，她因為交通事故死了。

・驚いた／信じられないことに、彼女は死んだ3か月後に復活した。

　令人驚訝／難以置信的是，她死了3個月後居然復活了。

・残念なことに、彼女は復活した翌日にまた死んでしまった。

　令人惋惜的是，她復活隔天又死了。

⑥ ことなく 🎧077

動詞辭書形＋ことなく

不做〜，沒有發生〜。「こと」為名詞化的形式名詞。意近「〜ないで」。

- せっかくの休みだから、誰にも邪魔されることなく過ごしたい。

  因為是難得的休假，所以我希望不被任何人打擾好好過。

- 締め切りが近づいてきたので、休日も休むことなく原稿を書いている。

  因為截稿日越來越近了，我連假日都沒休息一直在寫稿。

- 「あなたが落としたのは金の斧ですか？銀の斧ですか？」という女神の問い

  に、私はためらうことなく「ダイヤモンドです」と答えました。

  「你掉的是金斧頭還是銀斧頭？」對於女神的這個問題，我毫不猶豫地回答「是鑽石」。

- 犯人は誰にも気づかれることなく、被害者の家に侵入した。

  犯人在沒被任何人察覺到的情況下，侵入了被害人的家中。

★因為是較生硬的句型，一般不用於日常事件。

- コーヒーはいつもミルクを入れることなく飲みます（▲）

  →コーヒーはいつもミルクを入れないで飲みます。

  咖啡我總是不加牛奶就喝。

日文句型 ⑦ ことから 〔078〕

各類詞性常體｜な形容詞現在肯定＋な / である｜
名詞現在肯定＋である｜ ＋ことから

「から」表示原因，此句型直譯為「從～事情來看」。常用來解釋名稱由來、判斷的根據、事件原因等。意近「～ところから（從～地方看來）」。

- この寮はゴキブリが多いことから、ゴキブリ寮と呼ばれている。

  因為這宿舍蟑螂很多，所以被稱為蟑螂宿舍。

- 手口が似ていることから、同一人物による犯行と見られている。

  因為手法很相似，所以被認為是同一犯人所為。

- 右腕に腕時計をつけていることから、彼は左利きである可能性が高い。

  因為手錶戴在右手，所以他很有可能是左撇子。

- ピラミッドは「金」という漢字の形に似ていることから／ところから、中国語では金字塔という。

  Pyramid 因為跟金這個漢字的形狀很像，中文叫做金字塔。

日文句型 ⑧ ～ないことには 🎧079

> 動詞ない形｜い形容詞くない｜な形容詞でない（じゃない）｜
> 名詞でない（じゃない）｜ ＋ことには

如果不～就不…。後接否定型成為雙重否定，強調前面那件事是絕對必要的。

- どんな服も実際に着てみ**ないことには**、似合うかどうか分かり**ません**。

  不管什麼衣服，如果不實際穿看看的話，就不知道適不適合。

- 宇宙人を目撃したという人も少なくないが、自分の目で見**ないことには**、やっぱり信じられ**ません**。

  雖然宣稱目擊到外星人的人也不少，但不是親眼看到還是無法相信。

- 勉強でも仕事でも楽し**くないことには**、長くは続けられ**ません**。

  不管是唸書還是工作，不開心的話就無法持續太久。

- いくら便利でも、安全**でないことには**、買え**ません**。

  不管多方便，只要不安全就不能買。

「から」家族

日文句型 ① ～から言うと／～から言えば／～から言ったら／～から言って 🎧080

名詞　＋から言うと / から言えば / から言ったら / から言って

從～來說的話。後方有判斷或評價的內容。

- 実力から言って、木村選手は負けるはずがない。

  從實力來說，木村選手不可能會輸。

- 環境保護という点から言えば、農薬は使うべきではない。

  從環境保護這點來看，農藥是不該使用的。

- 私の経験から言うと、若いうちに色々な経験を積んだ方がいい。

  從我的經驗來說，趁年輕多累積各種經驗比較好。

日文句型 ② ～から（判断）すると／～からすれば／～からしたら 🎧081

名詞　＋からすると / からすれば / からしたら

此處「する」有判斷之意，表示從某立場或判斷材料做推測、評價或給意見。

- 訛りからすれば、彼はどうも大阪人のようだ。

  從口音來判斷的話，他好像是大阪人。

- この地図からすると、3番出口の方が近いはずです。

  從這張地圖來看，3號出口應該比較近。

- ガチャガチャは日本人にとっては身近なおもちゃだが、外国人観光客からすると珍しいものだ。

  扭蛋對日本人來說是很熟悉的玩具，但對外國觀光客而言是很稀奇的。

- 台南出身の私からしたら、このミルクティーは全然甘くない。

  來自台南的我來看，這奶茶一點也不甜。

日文句型 ③ 〜からして 🎧082

名詞＋からして

用法① 從某跡象或判斷材料做推測。與「〜からすると／〜からすれば／〜からしたら」相近，但前方必須是客觀判斷材料。

- 彼女の表情からして、面接がうまくいったようです。

  從她的表情來看，面試似乎很順利。

- 話し声からして、隣の会議室でプレゼンしているのは小林さんだろう。

  從說話的聲音來判斷，在隔壁會議室簡報的應該是小林吧。

- 『寝ることが大好きな先生』？タイトルからしてつまらなそうな映画ですね。

  《超喜歡睡覺的老師》？從片名看感覺是一個無聊的電影。

用法② 舉一個例子強調「光這點就這樣了（遑論其他）」。

- あの社長は、髪型からして変人っぽいです。

  那個社長光從髮型來看，就感覺像是怪人。

- 私はあいつが大嫌いだ。喋り方からして気に入らない。

  我超討厭那傢伙。從說話方式我就不喜歡了。

- このレストランは、自動ドア<u>からして</u>高級感_{こうきゅうかん}が漂_{ただよ}っていますね。

  這間餐廳從自動門就散發出高級的感覺耶。

Level UP

有時同一句子有兩種解讀方式。

- この映画_{えいが}はタイトルからしてホラー映画_{えいが}っぽい。

  ❶這部電影光是片名就感覺是恐怖電影。
  ❷這部電影從片名來看，應該是恐怖電影。

日文句型
**④ ～から見ると／～から見て／
　　～から見れば／～から見たら** 🎧083

| 名詞＋　～から見ると / ～から見て / ～から見れば / ～から見たら |

從～來看（的話）。表示從某觀點或立場來看。

- この空模様_{そらもよう}<u>から見ると</u>、もうすぐ大雨_{おおあめ}が降_ふるでしょう。

  從天空的樣子來看，應該很快要下大雨了。

- ヒロシ社_{しゃ}の 1 株当_{ひとかぶあ}たりの純利益_{じゅんりえき}<u>から見れば</u>、この株価_{かぶか}は安_{やす}すぎる。

  從 Hiroshi 公司的每股盈餘（EPS）來看，這個股價太便宜了。

- ボウリングのプロ選手_{せんしゅ}<u>から見たら</u>、200 点_{てん}は高得点_{こうとくてん}ではない。

  從職業保齡球選手的角度來看，200 分並不是高分。

- これまでの対戦成績_{たいせんせいせき}<u>から見て</u>も、二人_{ふたり}の実力差_{じつりょくさ}は明_{あき}らかだ。

  就算從過去的對戰成績來看，兩個人的實力差距還是一目瞭然。

Level UP

上述系列意思相近、大部分可互換，僅以下狀況不可互換：

①表明某立場時不使用「～て」系列。「～て」系列用於推測或判斷。

- 企業の立場から言って、社員を採用するなら、想像力のある人がいい。（△）

  →企業の立場から言うと／から言えば／から言ったら、想像力のある人がいい。

  以企業的立場來說，採用員工時有想像力的人比較好。

②「～から言う」系列前方不直接放人，需加上「～の立場」或描述特殊立場的修飾，如「大企業で働いている人」。

- 学生から言うと、宿題は少なければ少ないほどいい。（△）

  →学生からすると／から見ると／の立場から言うと、宿題は少なければ少ないほどいい。

  從學生的立場而言，作業是越少越好。

③視覺資訊慣用「～から見ると」「～からすると」系列。

- 雲行きから言うと、雨が降りそうだ。（△）

  →雲行きから見ると／からすると、雨が降りそうだ。

  從雲的走向來看，似乎會下雨。

④非視覺資訊不使用「～から見ると」系列。

- 匂いから見ると、これはアップルジュースだろう。（×）

  →匂いからすると／から言うと、これはアップルジュースだろう。

  從氣味來說，這個應該是蘋果汁。

日文句型 ⑤ 〜からといって／〜からって 🎧084

各詞性常體　＋からといって / からって

雖說〜，但不一定…。結構為「〜から（因為）」＋「と言って（說是這樣）」，後方常接「〜とも限らない（不見得）」「〜わけではない（不是這樣）」「〜とも言えない（也不能說是）」等否定句構來否定此邏輯關係。「〜からって」是口語省略形。注意勿與「〜から言って」混淆。

• 上司だからといって威張ってはいけない。

　雖然說是上司，但也不能囂張跋扈。

• 親友だからといって、何でも言えるわけではない。

　雖然說是好朋友，但也不是什麼都能說。

• 暑いからといって、冷たい飲み物ばかり飲むのは健康上良くないよ。

　雖然說很熱，但一直喝冷飲很不健康。

• N1 に合格しているからといって、日本語が流ちょうに話せるとは限らない。

　雖然說考過 N1，但不見得日文就可以講得流暢。

• 台湾大学を出たからって、必ずしもいい会社に入れるわけではない。

　雖說是台灣大學畢業的，但也不一定可以進入很好的公司。

Level UP

若前面句子已說完，可用「だからといって」「だからって」連接下一句。

• A：何度もクラクションを鳴らされたから頭に来たんだよ。

　B：だからといって人を殴っちゃダメだろう！

　A：因為被按很多次喇叭，所以就火大了。

　B：就算是因為這樣，你也不能打人吧！

⑥ ～てからでないと／～てからでなければ

🎧 085

動詞て型　＋からでないと / からでなければ

不先～就…。構造為「～てから（之後）」＋「でないと／でなければ（不是的話）」。

- 検査の結果を見てからでないと、腫瘍があるかどうか断言できません。

  不先看檢查結果的話，就無法斷言是否有腫瘤。

- 母に相談してからでないと、この保険に入るかどうか決められません。

  不先跟媽媽商量過，就無法決定是否保這個保險。

- 会員登録してからでなければ、本アプリはご利用になれません。

  不先登錄會員，就無法使用本 APP。

⑦ ～から～にかけて 🎧 086

名詞 A から名詞 B にかけて

意近「～から、～まで」。表示起點與終點，起點終點的界線較不明確，常用來表示大概區間。可使用「の」連接後方名詞。

- ドラマ撮影のため、午後から夕方にかけて交通規制が実施される。

  因為拍戲的關係，從下午到傍晚將實施交通管制。

- 低気圧の影響で、四国地方から東北地方にかけて大雨が予想されている。

  因為低氣壓的影響，從四國地區到東北地區預計會降下大雨。

- 肩から背中にかけてのコリが気になって、マッサージチェアを購入しました。

  因為肩膀到後背的肌肉緊繃有點令人在意，於是買了按摩椅。

日文句型

① ～次第 🎧087

動詞ます形 / 名詞　＋次第

一～就馬上…。後方須放意志內容。適合商用或正式場合，表達己方將做的動作、或請求對方做的動作。日常對話不使用此生硬說法。

・日程が**決まり次第**、メールでお知らせします。

日程一確定，我馬上用 email 通知您。

・状況が**分かり次第**、連絡をお願いします。

狀況一明朗，就麻煩和我聯絡。

・会議が**終わり次第**、すぐ社長室に来てください。

會議一結束，就請你馬上來社長室一趟。

・通行止めは、工事が**終了次第**、解除いたします。

道路封閉施工一結束就會解除。

★（△）駅に着き**次第**、電話してね。
　（○）駅に着い**たら**、電話してね。

到車站的話就打給我。

② 〜次第で、…／〜次第だ 🎧088

名詞 ＋次第で、…/ 〜次第だ

端看、全憑〜來決定。常表示某事完全仰賴某關鍵因素來決定。

・N1 に合格するかどうかは、自分自身の努力次第だ。

　能不能考過 N1，就看自己的努力了。

・ヒロシ教に入信すれば、死んだあと、必ず天国に行けます。信じるか信じな
　いかは、あなた次第です。

　只要信奉 Hiroshi 教，死後就一定可以上天堂。信不信由你。

・スマホは使い方次第で、勉強をサポートしてくれる強い味方にも、勉強時間
　を奪う危険な機械にもなります。

　智慧型手機端看使用方法，可以成為輔助學習的強力幫手，也可以成為掠奪念書時間的危險
　機器。

・所属部門の業績次第で、ボーナスの額が大きく変動します。

　依據隸屬部門的業績，分紅的金額會大幅變動。

Level UP

① 「〜次第では…」多了強調對比的「は」，用來與其他狀況做區隔，意思是在某種特定
條件之下也可能會…。

・どんな危機でも考え方次第ではチャンスと捉えることができる。

　不管什麼危機，換個角度想也可以視為轉機。

・敬語でも言い方次第では、皮肉に聞こえてしまうことがある。

　就算是敬語，講的方式不對的話也可能聽起來像諷刺。

・栄養価の高い野菜も、調理方法次第ではせっかくの栄養が失われてしまうこ
　ともあります。

　即便是營養價值很高的蔬菜，也可能因為料理方式不對導致其營養流失。

②可用以下不同句構陳述相同語意：

· 成果次第では、高い報酬を得ることもできます。

如果成果不錯的話，也可以拿到很高的報酬。

· 成果次第で、報酬が決まります。

成果如何，決定報酬的高低。

· 高い報酬を得ることができるかどうかは、成果次第です。

能否得到高報酬，全看成果。

日文句型 ③ 〜次第だ 🎧089

| 動詞常體＋次第だ | ＊較生硬，口語適合使用解釋原因的「〜んです」 |

表來龍去脈的說明。「次第」本意為順序，可說明事情始末。

· 現地で言語を学びたいと考え、仕事をやめて留学した次第です。

因為想在當地學語言，所以辭職去留學了。

· たまたまフェイスブックで求人広告を見て、応募した次第です。

我碰巧在臉書上看到徵人廣告，於是就來應徵了。

· 今回のシンポジウムのテーマは「ゴキブリから見たポストコロナ時代」ですので、長年ゴキブリの研究に携わっているヒロシ先生に講演をお願いした次第です。

這次研討會主題是「從蟑螂來看的後疫情時代」，因此才想說請長年投身蟑螂研究的 Hiroshi 老師來為我們演講。

★「次第に（逐漸地）」也是日檢常考副詞。

· 風が次第に弱まってきました。

風勢逐漸轉弱了。

「かかわる」家族

＊「かかわる」可寫為漢字「関わる」或「係わる」，漢字意為「與什麼高度相關」。助詞使用表示對象的「に」。

日文句型 ① 〜にかかわる 🎧090

名詞＋にかかわる

與〜有關、具有高度連結，或對〜會造成重大影響。

・私はこの事件にかかわっていません。もう聞かないでください。

我和這個事件沒有任何關係。請不要再問了。

・母は金融にかかわる仕事をしているので、毎日欠かさず国際ニュースをチェックしている。

媽媽從事與金融相關的工作，所以每天一定會看國際新聞。

・肺炎は命にかかわる病気です。できるだけ早く適切な治療を受けてください。

肺炎是攸關生死的疾病。所以請儘早接受適當的治療。

・私の名誉にかかわるので、この場ではっきり申し上げます。記事に書かれていたことは全部でたらめです。

因為這關係到我的名譽，我想在這裡好好說清楚。報導中寫的事情全部都是子虛烏有。

日文句型 ② ～にかかわらず／にかかわりなく 🎧091

> 名詞｜動詞辭書形（か）動詞ない形（か）｜常體か（どうか）｜
> 名詞句、な形容詞現在肯定だ-/である＋か（どうか）｜　＋にかかわらず／
> にかかわりなく

表示與前者無關，常接含不同種類之名詞如年齡、性別、國籍，或相反含意字詞如有無、～與否等。「かかわらず」是否定連接，「かかわり」則為名詞型態，再放上「なく」連接後句表示無關。

- 経験の有無にかかわらず、興味のある方の応募をお待ちしております。

  不管有沒有經驗，我們期待有興趣的大家報名。

- 行く（か）行かない（か）にかかわらず、早く返信していただけますと幸いです。

  不管是去或是不去，若能承蒙您早點回信則萬分感激。

- 痔は性別や年齢にかかわらず生じる病気です。

  痔瘡是無關性別和年齡都會罹患的疾病。

- 両親が賛成するかどうかにかかわらず、私はホストになるつもりです。

  無論父母是否贊同，我都打算當牛郎。

- 室内競技なので、天候にかかわりなく試合は行われます。

  因為是室內競技，所以不管天候如何比賽都將舉行。

- 25歳未満であれば、本校の学生であるかどうかにかかわらず、割引を受けることができる。

  只要是未滿25歲，不管是不是本校學生都享有折扣。

- どこでどんな酒をどれだけ飲んだかにかかわらず、呼気中のアルコール濃度が一定基準を上回ったら酒気帯び運転とみなされます。

  不管你是在哪裡喝什麼酒喝了多少，只要呼氣中的酒精濃度超過一定標準，就會被視為酒駕。

3 ～を問わず／～は問わず（問わない）

名詞＋を問わず

不問、無關。「問わず」為「問う（問）」的否定連接形式，意近「～にかかわらず」。
助詞亦可使用主題化、對比的「は」。

・戦闘は激しさを増し、首都ヒロシ市は昼夜を問わず敵の攻撃にさらされている。

　戰鬥越演越烈，首都 Hiroshi 市不分晝夜地暴露在敵人的攻擊之中。

・このクラブは年齢を問わず、誰でも参加できる。

　這個俱樂部不論年齡誰都可以參加。

・コロナウイルスの感染拡大は、国の内外を問わず、大きな問題となっている。

　新冠病毒的感染擴大不管國內國外，都是一個很大的問題。

・在留資格をお持ちであれば国籍は問いません。

　只要有居留資格，不問國籍。

4 ～（の）にもかかわらず

各詞性常體｜名詞 / な形容詞現在肯定形だ / である｜
名詞 / な形容詞現在肯定形＋なの｜　＋にもかかわらず

儘管～卻。帶有意外感，也常用於批判或不滿。

・一生懸命に勉強したにもかかわらず、いい成績を取ることができなかった。

　儘管認真讀了書，卻沒辦法取得好成績。

・世界的不況にもかかわらず、我が社は売り上げが前年比 50％増という好成
績を上げました。

　儘管全球不景氣，我們公司仍繳出了業績年增 50% 的亮眼成績單。

- ヒロシ先生は仕事で忙しい**にもかかわらず**、いつも親身になって相談に乗ってくれます。

  Hiroshi 老師儘管工作很忙，但總是親切地聽我傾訴問題。

- 息子は数学が苦手な**のにもかかわらず**、理系を選択しました。

  我兒子儘管數學很不行，但還是選了理組。

- 彼はチームのリーダーである**にもかかわらず**、責任感のかけらもない。

  他雖然身為團隊的領導者，卻絲毫沒有責任感。

Level UP

「それにもかかわらず」及「にもかかわらず」可單獨當接續詞使用。

- 世界平和を実現するために、人類は計り知れない努力を重ねてきました。（それ）にもかかわらず、戦争は一向になくなりません。

  為了實現世界和平，人類至今做了巨大的努力。儘管如此，戰爭還是一直沒有消失。

★「〜にもかかわらず」較正式生硬，日常生活中口語較常用「のに」。

- （？）天気がいい**にもかかわらず**、家でゴロゴロしている。
- （○）天気がいい**のに**、家でゴロゴロしている。

  明明天氣這麼好，卻在家無所事事打混。

★「〜にかかわらず」表示不論〜，而「〜にもかかわらず」是逆接前述完整事實，表示明明〜卻…的意思，必須是一件確定的事實。

- 晴雨**にかかわらず**、試合は予定通りに行われます。

  不論是晴是雨，比賽會按照預定進行。

- 大雨**にもかかわらず**、試合は予定通りに行われました。

  儘管下大雨，比賽還是按照預定進行了。

「ＡをＢに」家族

＊「ＡをＢにする」「ＡをＢとする」這兩種句構，中文可翻譯成「以Ａ為Ｂ」或「把Ａ當作Ｂ」連接後句時常省略為「ＡをＢに」。修飾後面名詞時通常會使用「ＡをＢにした」或「ＡをＢとした」的形式。另外，雖大部分句型都是兩種句構皆可，但也有些句型較慣用其中一種形式。

日文句型① 〜を中心に（して）／〜を中心として

> 名詞　＋を中心に（して）/ 〜を中心として
> 名詞　＋を中心にした / 〜を中心とした＋名詞

以〜為中心。

・会議ではいじめ問題を中心にして意見交換が行われた。

　會議上主要以霸凌問題為中心，進行了意見交換。

・わがままにもほどがあるだろ！世界はお前を中心に回ってないよ。

　任性也有限度吧！世界不是繞著你轉耶。

・梅雨前線の影響で、近畿地方を中心として大雨が降る見込みです。

　因為梅雨鋒面的影響，預估將以近畿地區為中心降下豪雨。

・今日はフェイスブックを中心としたソーシャルメディアの活用法をご紹介したいと思います。

　今天我想介紹以臉書為主的社群媒體活用法。

・大学生の金融リテラシーをテーマにした論文を学会で発表した。

　我在學會上發表了一篇以大學生的金融素養為主題的論文。

日文句型 ② 〜を頼りに（して）／〜を頼りとして 🎧095

> 名詞 ＋を頼りに（して）/を頼りとして

以〜為依靠、仰賴。

- 宝の地図を頼りに、一緒に冒険に出掛けよう！

  讓我們靠著藏寶圖，一起來去冒險吧！

- 自分の記憶を頼りにして、亡き父の似顔絵を描いた。

  憑藉自己的記憶畫了已故父親的肖像畫。

- 祖父は長年の経験と勘を頼りとして、農作物を栽培している。

  爺爺靠著長年的經驗及直覺栽培農作物。

- 若いころ、市販の翻訳機を頼りに世界中を旅行した。

  年輕時，我靠著市售的翻譯機在全世界旅行。

日文句型 ③ 〜をもとに（して）🎧096

> 名詞＋をもとに（して） │ 名詞＋をもとにした＋名詞

以〜為基礎、素材。「もと」漢字寫成「基」，意為基礎。

- アンケートの結果をもとにしてレポートを書いた。

  以問卷結果為基礎寫了報告。

- 自分が今まで見た面白い夢をもとに、ファンタジー小説を書いた。

  以自己至今做過的有趣夢境為素材，寫了奇幻小說。

・こちらは世界中の観光客の口コミをもとにした絶景スポットのランキングです。

　這個是以全球觀光客口碑推薦為基礎所做的美景排行。

・過去問をもとに、試験に出そうな文型や単語をノートにまとめた。

　我以考古題為基礎，將考試可能會出的文型及單字統整在筆記本中。

Level UP

①可用「～をもとにしている」或自動詞版本「～がもとになっている」結尾。

・この映画は、実際に起きた事件をもとに撮られた。
　≒この映画は実際に起きた事件をもとにしている。
　≒この映画は実際に起きた事件がもとになっている。

　這部電影是根據實際發生的事件改編而成的。

②類似文型：～に基づいて

名詞＋に基づいて｜名詞＋に基づいた＋名詞｜名詞＋に基づく＋名詞

根據 **A** 進行 **B**。不脫離 **A** 本身的內容或精神。書面可用連用中止型的「～基づき、～」，禮貌場合可用「～に基づきまして」的型態。

・すべての法律は国の憲法に基づいて作られている。

　所有的法律都是根據國家的憲法所制定的。

・弊社は消費者の意見に基づきまして、新商品の開発を進めております。

　敝公司根據消費者的意見，進行新商品的開發。

・ユーザーの消費パターンに基づき、関連する広告を配信しています。

　我們根據使用者的消費模式，傳送相關的廣告。

・客観的なデータに基づいた分析を行ってから、戦略を練りましょう。

　進行根據客觀數據所做的分析後，來擬定戰略吧。

比較 「Aをもとに」vs.「Aに基づいて」

上述兩句型雖時常可互換，但「Aをもとに」代表以A為出發點，而「Aに基づいて」則是忠實地完全不脫離A，所以以下例子中只能使用其中一個。

1. 実際に聞いた会話内容をもとに（×）／に基づいて（〇）証言してください。
   請你根據實際聽到的對話內容來作證。　＊完全忠實不偏離

2. ヒロシ病院では、博愛主義の精神をもとに（×）／に基づいて（〇）先進的な医療サービスを提供しています。
   在 Hiroshi 醫院根據博愛主義的精神提供先進的醫療服務。　＊完全忠實不偏離

3. この作家は、昔の童話をもとに（〇）／に基づいて（×）、短編小説を書いている。
   這個作家以從前的童話為基礎，來寫短篇小說。　＊經過改編已經偏離原素材

日文句型

 ④ ～をきっかけに（して）／
～をきっかけとして／～がきっかけで／
～がきっかけになって／
～がきっかけとなって 097

名詞　＋をきっかけに（して）/ をきっかけとして / がきっかけで / ～がきっかけになって / ～がきっかけとなって

以～為契機。前方若為動詞，用常體加「の」或「こと」來名詞化。可用「～をきっかけとした／にした」「～をきっかけとする／にする」修飾後方名詞。

- 留学<ruby>を<rt></rt></ruby>きっかけに日本の文化に興味を持つようになった。

  以留學為契機，我開始對日本的文化產生興趣。

- 30 歳になったのをきっかけとして、ジムに通い始めた。

  以 30 歲為契機，開始跑健身房。

- 些細なことがきっかけで／きっかけとなって、二人は離婚することになった。

  一件小事成為導火線，兩個人後來離婚了。

- サブプライムローン問題をきっかけとした金融危機で、たくさんの銀行や会社がつぶれてしまった。

  因為一場由次級房貸問題衍伸的金融危機，很多銀行及公司都倒閉了。

★「～を契機に（して）／～を契機として」、「～を機に（して）」是較生硬的說法。

| 名詞 / 動詞常體の　＋を契機に / を機に |

- 国交正常化を契機として両国間の交流が一気に増えた。

  以恢復邦交為契機，兩國間的交流一口氣增加了。

- 交換留学を契機に、グローバルな視点から物事を考えるようになった。

  以交換學生為契機，開始會以國際化的視點來思考事情。

- 日本では、出産を機に仕事を辞める女性が多い。

  在日本很多女性會趁生小孩的時機辭掉工作。

- 彼氏と別れたのを機に、整形手術を受けて生まれ変わりました。

  藉著跟男友分手的機會，做了整形手術重生了。

日文句型
⑤ ～をはじめ（として） 🎧098

```
名詞＋をはじめ（として）
名詞＋をはじめとした（はじめとする）＋名詞
```

以 A 為代表、以 A 為開始舉的例子。來自「始める」，做為句型通常以平假名表記。
通常後方會有其他例子，或修飾後方某個所屬的大分類。

・我が国では、野球をはじめとして、サッカーやテニスなど、様々なスポーツ
が盛んである。

> 在我國，以棒球為首，足球以及網球等各種運動都很盛行。

・東日本大震災をはじめ、近年自然災害が多数発生しています。

> 以 311 大地震為首，這幾年發生很多天災。

・台北をはじめとする大都市では、大気汚染や渋滞は避けられない。

> 在以台北為首的大都市中，空汙及塞車問題是無法避免的。

・フォルクスワーゲンをはじめとした各国の自動車メーカーは今、半導体不足で
苦しんでいる。

> 以福斯汽車為首的各國車廠，現在正為半導體不足而苦。

＊若一個句型中有兩個否定的成分，則代表肯定的意思。

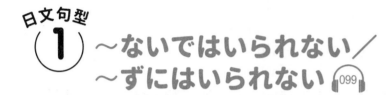

日文句型

**①　～ないではいられない／
　　～ずにはいられない** 🎧099

> 動詞ない形＋ではいられない｜
> 動詞ない形（去掉ない）＋ずにはいられない
> 不規則變化：～しないで　→～せずに

忍不住要～、不禁～。組成方式為「～ないで（不這樣做）」＋「は（主題化、對比）」
＋「いられない（無法以這狀態存在）」就是「不這樣無法」。較文言的說法會把「～
ないで」換成「～ずに」。

・私は綺麗な女性を見かけたら、声をかけないでは／かけずにはいられない。

　我看到漂亮的女性，就會忍不住去搭話。

・この曲を聞くと、感動しないでは／せずにはいられない。

　我只要聽到這首歌，就不禁感動不已。

・部長はドブネズミのような顔をしているので、会うと笑わないでは／笑わずには
いられない。

　部長的臉很像溝鼠，所以每次碰到他我就忍不住會笑。

・私はイケメンが大好きなので、イケメンの写真集を見ると買わないではいられない／
買わずにはいられない。

　我很喜歡帥哥，所以只要看到帥哥的寫真集，就會忍不住購買。

日文句型 ② 〜ねばならない 🎧100

> 動詞ない形＋ねばならない
>
> 不規則變化：する →〜せねばならない｜ある →あらねばならない

常用於戲劇、正式文書、哲理名言等。「なければならない」的文言形式。

- ドイツにいる以上、ドイツの法律に従わねばならない。

  既然人在德國，就必須遵守德國的法律。

- 未知のことが多すぎるため、我々科学者は常に謙虚であらねばならない。

  由於未知的事情太多，我們科學家必須時時保持謙虛。

- 僕はこの腐りきった世界の救世主になれるよう、努力せねばならない。

  為了成為這個腐敗至極的世界的救世主，我必須努力。

- 敵が攻めてきたら国のために戦わねばならない。

  若敵人攻來，必須為國而戰。

日文句型 ③ 〜ないことはない／〜ないこともない 🎧101

> 動詞ない形｜い形容詞 - くない｜な形容詞 - でない（じゃない）｜
>
> 名詞 - でない（じゃない）｜＋ことはない / こともない

也不是不〜、沒有不〜。由「〜ない（否定）」＋「こと（事情）」＋「は（主題化）、も（也）」＋「ない（沒有）」組成。比起肯定形式，雙重否定給人消極肯定、不想斷定的感覺。

- 年上の人はあまり好きじゃないけど、大金持ちであれば<u>付き合えないことも</u>
<u>ない</u>よ。

  雖然我不是很喜歡比我大的人啦，但如果是好野人也不是不能交往。

- ピーマンは<u>食べないこともない</u>が、あまり<u>好き</u>じゃない。

  青椒我也不是不吃啦，但沒那麼喜歡。

- A：「長袖？暑くないの？」

  B：「<u>暑くないことはない</u>けど、半袖だと蚊に刺されるから。」

  A：「長袖？不熱嗎？」

  B：「也不是不熱啦，但短袖會被蚊子叮。」

- 林さんは<u>優秀でないことはない</u>が、仕事に対する意欲がちょっと低いように
感じる。

  林桑也不是不優秀啦，但感覺對工作的意願有點低。

日文句型 ④ ～て（は）いられない／ ～てもいられない 🎧102

> 動詞て形＋は（も）＋いられない

不能一直維持某狀態。構造為「て形（動詞）」＋「は（主題、對比）、も（也）」＋「いられない（無法維持此狀態）」。口語時「は」及「い」常省略，也常轉音說成「～ちゃ（い）られない」、「～てらんない」、「～てらんねえ」。

- 痔が痛くて<u>座ってはいられません</u>。

  因為痔瘡很痛，所以無法一直坐著。

- これ以上<u>待ってられない</u>。早く出発しないと会議に遅刻しちゃう。

  不能再等下去了。不趕快出發的話，會議會遲到的。

- もう社会人なんだから、いつまでも親に<u>頼っちゃいられない</u>。

  都已經是社會人士了，不可以再一直依賴父母了。

- 時給も安いし、仕事も多いし、こんなアルバイトもう<u>やってらんねえ</u>よ。

  時薪很低，工作又多，這種打工做不下去了啦。

- もうすぐ試験の結果が発表されるので、<u>居ても立ってもいられない</u>。

  因為考試成績馬上就要公佈了，所以坐立難安。

- 家族を侮辱された以上、もう<u>黙ってはいられない</u>。

  家人被侮辱了，就無法保持沉默。

日文句型 ⑤ ～てばかりはいられない／ ～てばかりもいられない 🎧103

也不能一直都～、不能老是都～。「～て（動詞て形）」＋「ばかり（一直、全都）」＋「は（主題、對比）／も（也、否定強調）」＋「いられない（無法維持此狀態）」。

- N2 に合格したからといって、<u>休んでばかりはいられない</u>。N1 が待っているから。

  雖說考過 N2 了，但不能一直都在休息。因為還有 N1 等著呢。

- ワクチンを打ったからといって<u>安心してばかりはいられません</u>。

  雖然打了疫苗但不能太過放心。

- 不運を<u>嘆いてばかりもいられない</u>。新たなスタートを切らないと。

  也不能一直怨嘆運氣不好。必須得重新開始才是。

- 決勝戦に進出できたけど、<u>喜んでばかりもいられない</u>。対戦相手は世界ランキング一位の強敵だから。

  雖然成功殺進最後決賽，但也不能太過高興。因為對戰的對手是世界排名第一的強敵。

⑥ ～てはならない 🎧104

動詞て形＋てはならない

不得、不可～。「～てはならない」較「～てはいけない」「～てはダメだ」拘謹，用於特殊情況下告誡大眾，解釋組織或社會規則。而「～てはいけない」及「～てはダメだ」除解釋規定外，也用於針對個人行為進行告誡，如父母、教師、上司等上位者對下位者的發言，語氣強烈外，比「～てはならない」更口語。

・20年前に起こったその事故を決して忘れてはならない。

　20年前發生的那場事故，絕對不能忘記。

・どんなことがあろうと、会社の金を使い込んではならない。

　不管發生什麼事，都不能挪用公司的錢。

・試験が始まるまで、問題用紙を開いてはなりません。

　考試開始之前，不可以打開試題本。

⑦ ～にすぎない 🎧105

各詞性常體｜な形容詞現在肯定形だ（である）｜
名詞現在肯定形だ（である）｜＋にすぎない

不過是～而已。前方常與表示「只有、只不過、只是」的副詞「単に、単なる、ただの、あくまで、ほんの」搭配。

- 酸性雨が頭皮に当たるとハゲるというのは、単なる都市伝説にすぎないよ。

  酸雨淋到頭皮就會禿頭這件事，只不過是都市傳說而已。

- 証拠がなければ、それはあくまで推測にすぎないよ。

  如果沒有證據，那也只是推測而已。

- 数千億個もの脳細胞のうち、使われているのはほんの数パーセントにすぎないらしい。

  在數千億個腦細胞之中，聽說有在使用的只不過幾％而已。

- いえいえ、私は医師としてするべきことをしたにすぎませんよ。

  不不，我只不過是做了身為醫師應該做的事而已喔。

- ニュースで報道された詐欺事件は氷山の一角にすぎず、表面化していないのもたくさんあります。

  新聞報導過的詐欺事件只不過是冰山一角，沒有浮上檯面的還有很多。

★此句型意近「～でしかない（只是）」。

- サラリーマンは会社の歯車にすぎない。
  ≒サラリーマンは会社の歯車でしかない。

  上班族不過是公司的一顆齒輪而已。

～しかない／
～（より）ほか（は、に）ない／
～より仕方（が）ない／
ほか（仕方が）ない 🎧106

> 動詞辞書形＋しかない／（より）ほか（は、に）ない／より仕方（が）ない／
> ほか（仕方が）ない｜名詞＋しかない／（より）ほか（は、に）ない

別無他法、只能～。「しか」「ほか」「より」均表示「只有、除了～之外」。

- 遠距離恋愛が嫌なら別れる**しかない／しかありません**。

  如果不想遠距離的話，那也只能分手了。

- 三浪して落ちたので、もう東大を諦める**よりほかはない**。

  重考了三次都落榜，所以只好放棄東大。

- 何の罪もない子供が戦争で命を失ったのは、悲劇と言う**ほかありません**。

  無辜的小孩因為戰爭失去生命，這只能說是悲劇了。

- 不規則動詞の活用は、覚える**より仕方がない**。

  不規則動詞的變化，除了背也沒有其他方法了。

- 発車するまであと５分**しかない**。急ごう。

  距離開車只剩下五分鐘了。我們快點吧。

日文句型 ⑨ 〜にほかならない 🎧107

名詞＋にほかならない｜常體＋からにほかならない

「A にほかならない」表示不是別的，就是 A 了。句構為「に（最終結果）」＋「ほか（其他）」＋「ならない（不是、不成）」。若是理由的強調，常使用強調句構「〜のは、〜からにほかならない」。

・彼の成功は、長年の努力の結果にほかならない。

　他的成功，無非就是長年努力的成果。

・経験不足にもかかわらずエベレストに登るのは、自殺行為にほかならない。

　經驗不足卻去爬聖母峰，這根本就是自殺行為。

・先生が厳しいのは、教え子を愛しているからにほかならない。

　老師之所以嚴格，無非就是因為愛著學生。

・この本を書こうと思ったのは、日本語の面白さをより多くの人に知ってもらいたいからにほかならない。

　我之所以想寫這本書，完全是因為希望更多人能夠知道日文的有趣。

日文句型 ⑩ 〜ざるをえない 🎧108

> 動詞ない形（去掉ない）＋ざるをえない
>
> ＊例外：する　→せざるをえない

不得不〜。構造為「〜ざる（古文的否定）」＋「を（受詞助詞）」＋「得ない（不得）」。代表與自己意願相反，不想做但因外在壓力或逼不得已只能做。

- 北朝鮮に行きたくないが、会社の命令だから行かざるを得ない。

  我不想去北韓，但因為是公司的命令所以不得不去。

- 機械翻訳は昔に比べてだいぶ良くなったが、まだまだ改善の余地があると言わざるを得ない。

  機器翻譯跟以前比好很多了，但還是不得不說尚有改善的空間。

- コロナの感染拡大で、イベントは中止にせざるを得ない。

  因為新冠疫情擴大，活動也不得不中止了。

- 歯周病を放置すると、歯を抜かざるを得ない状態にまで悪化することもある。

  牙周病如果放置不管，也可能會惡化到必須要拔牙的狀態。

- 事故で大ケガを負い、入院せざるを得なくなった。

  因為事故受了重傷，不得不住院了。

日文句型 ① 〜うちに 🎧109

各詞性常體（動詞ない形、ている形、辭書形居多） ＋うちに

な形容詞現在肯定な / 名詞現在肯定＋の ＋うちに

趁著〜這段時間。「うち」代表某範圍內（「家」也是建築物之內），「に」是某個動作時間點。動詞用法中也可表達「在這個過程當中，變化產生或就發生了某件意外的事。」

用法① 趁著

・さくらがきれいなうちに、見に行こう。

趁櫻花美麗的時候去觀賞。

・父が寝ているうちに、家を抜け出してカラオケに行った。

我趁爸爸睡覺的時候，偷偷溜出家門去唱歌。

・若いうちに、いろんな国に行って美しい景色をたくさん見ておきたい。

趁年輕時，我想先去各種國家看很多漂亮的風景。

・先生が来ないうちに、クラスメートの宿題を写してしまおう。

趁老師還沒來，把同學作業抄一抄吧。

・あとは私たちに任せて、今のうちに逃げてください。

剩下就交給我們，你趁現在快逃吧。

用法② 在這過程中

・テレビを見ているうちに、急に眠気に襲われて寝てしまいました。

看電視看到一半，突然一陣睡意襲擊就睡著了。

・しばらく会わないうちに、ずいぶん変わっちゃったね。

一陣子沒看到你，你變好多啊！

・自分の発言が、気付かないうちに相手を傷つけてしまうこともあります。

自己的發言也有可能在不自覺的情況下傷了對方。

比較 ～うちに vs. ～まえに

「まえに」單純敘述時間先後順序，而「うちに」有「不趁某時間內做，之後將發生狀況的改變而沒機會做或產生遺憾」的意涵。

・雨が降らないうちに、スーパーに行って来よう。（〇）

　趁雨還沒下，去一趟超市吧。

・雨が降る前に、スーパーに行って来よう。（〇）

　在下雨之前，去一趟超市吧。

・食事をしないうちに手をちゃんと洗ってください。（×）
・食事をする前に、手をちゃんと洗ってください。（〇）

　用餐前請好好洗手。

比較 ～うちに vs. ～間に

「～間に」僅<u>客觀論述某明確時間區間內發生了某事</u>。若時間起點及終點非常明確，客觀論述發生事實的時間區間，一般使用「～間に」。而若表示**<u>必須趁某段時間內做某事，否則狀態將改變機會不在時</u>**，一般使用「～うちに」。

・電車を待っているうちに（×）／間に（〇）、自販機でジュースを買った。

　等待電車的空檔，我在自動販賣機買了果汁。

・夜７時から９時のうちに（×）／間に（〇）いたずら電話がよくかかってきます。

　晚上七點到九點之間，常常會有惡作劇電話打來。

・冷めない／温かいうちに（〇）／間に（×）の飲んでください。

　請趁熱喝。

・20代のうちに（〇）／間に（△）、世界一周したいです。

　想趁20幾歲的時候環遊世界。

・さくらがきれいなうちに（〇）／間に（×）、見に行こう。

　趁櫻花美麗的時候去觀賞。

Level UP

有些慣用句也會使用「うちに」，建議直接記下。

- 一緒に暮らしていたら、知らず知らずのうちに彼のことが好きになっていた。

  一起住一陣子之後，**不知不覺中**就喜歡上他了。

- 魔法によって、彼女の体が見る見るうちに小さくなっていった。

  因為魔法的關係，她的身體**看著看著**就越變越小了。

日文句型 ② 〜うちは 🎧110

| 動詞ない形 / 動詞ている形 / 動詞辞書形＋うちは |
| い形容詞 / な形容詞な / 名詞の＋うちは |

這整段時間中均如何。「は」是主題化或對比，對這段時間整體做論述。

- 元気なうちは、通訳の仕事を続けたいと思っている。

  只要身體還健康，我想要繼續做口譯的工作。

- 仕事が見つからないうちは、友達の家に居候し続けるしかない。

  工作找不到的這段時間，只好繼續窩在朋友家。

- 独身のうちは、生命保険に入る必要はないと思う。

  單身期間，我認為沒有必要保壽險。

- 彼女というのは、欲しいと思っているうちは、なかなかできないらしい。

  想交女朋友的時候，好像就很難交到。

類似句型：～間（は），與「～うちは」同樣表示～時間內都…的意思。接續同「～うち
は」。

- 小学校に通っている間は、田舎に住んでいた。

  上小學的時候，一直都住在鄉下。

- 彼女がシャワーを浴びている間、僕は部屋でテレビを見ていた。

  她在洗澡的那段時間，我都在房間看電視。

- 交換留学の間は、一度も台湾に戻りませんでした。

  交換學生的期間，我一次都沒有回台灣。

比較

間は vs. 間に

「間は」代表整段時間都…的意思，而「間に」代表這期間中發生某事。

A：家にいる間は、テレビをつけっぱなしにしています。　＊整段時間

　　在家這段時間，電視一直都開著沒關。

B：家にいる間に、この小説を読み終えました。　＊某一時間點上

　　在家的這段時間內，我把這本小說看完了。

比較

うちは vs. うちに

A：彼が来ないうちは、出発できない。

　　他沒來就不能出發。　＊一整段時間

B：彼が来ないうちに、出発しちゃおう。

　　趁他沒來快出發。　＊某一時間

日文句型 ③ ～てまで／～までして 🎧111

動詞て形＋まで ｜ 名詞＋までして ｜ 名詞＋まである

為某事做到～程度。「まで」代表終點，在此意指到達一種太誇張、過頭的程度，常與「～たいとは思わない」「～ようとは思わない」合用。

- カンニングしてまで合格したいとは思っていません。

  我不會想為了取得好成績而不惜去作弊。

- プライバシーを犠牲にしてまで有名になろうとは思わない。

  我並不想為了當名人而犧牲自己的隱私。

- 緊急性がない仕事なので、残業までして終わらせる必要はないよ。

  這不是什麼要緊的工作，所以不用特別加班來完成它。

- 夫はギャンブルのために借金までしたのよ。

  我老公為了賭博不惜欠債。

★前接名詞的情況下，以下兩種句構可互換：

- 徹夜までして勉強したのに、58点しか取れなかった。

  徹夜してまで勉強したのに、58点しか取れなかった。

  不惜整夜沒睡念書，但卻只拿到 58 分。

日文句型 ④ ～あまり（に）／あまりの～に 🎧112

> 各詞性常體 / 名詞現在肯定＋の / な形容詞現在肯定＋な　＋あまり（に）｜
> あまりの＋名詞＋に

「余る」代表太多而剩下，名詞「あまり」代表太過的意思。「に」表示原因。

- 主人公はあまりのショックに、記憶喪失になってしまいました。

  主角因為太過震驚而失憶了。

- あまりの寒さに、布団から出るのが辛かったです。

  因為太冷了，所以從棉被出來超痛苦的。

- 寂しさのあまり、巨大なぬいぐるみを抱きしめながら寝ました。

  因為太過寂寞，就抱著一個巨大的玩偶睡了。

- 発音や文法を気にするあまり、英語を流暢に話せない。

  因為太過在意發音及文法，所以沒辦法流暢地說英文。

★以下三種說法可以互換：

- うれしさのあまり（に）、大声で叫んでしまいました。

  あまりのうれしさに、大声で叫んでしまいました。

  あまりにうれしくて、大声で叫んでしまいました。

  因為太高興了，所以就大叫了出來。

日文句型
⑤ ～にこたえて 🎧113

名詞＋にこたえて｜名詞＋にこたえる / こたえた＋名詞

為回應～（滿足～的需求等）做了後面那件事。書面生硬的連用中止型「～にこた
え、～」或正式禮貌的「～にこたえまして」也會使用。漢字為「応える」。其反義
句型是「～に反して」（詳見 p. 256）

・ヒロシはファンのアンコールにこたえて、もう一度ステージに上がった。

　Hiroshi 回應粉絲的安可，又再一次站上了舞台。

・僕は親の期待にこたえるために、この世に生まれてきたんじゃない。

　我並不是為了滿足父母的期待才出生在這世上的。

・この度、お客様のニーズに応えまして、太陽光発電の懐中電灯を開発いたし
ました。

　我們這次因應客戶的需求，開發了太陽能發電的手電筒。

⑥ ～に応じて／～に応じた 🎧114

名詞＋に応じて｜名詞＋に応じた＋名詞

因應～的不同，某事也會相對改變。「応じる」為第二類動詞，意思為「因應、對應」。以數學函數來說就是 y=f(x)，若 x 不同則 y 也跟著改變。修飾名詞時用た形的「応じた」，「A に応じた B」意思是「對應到 A 的 B」。

- バスの運賃は乗った距離に応じて変わります。

  公車的車資會因乘坐的距離不同而有所變化。

- 私は学生のレベルに応じて、授業の内容を調節します。

  我會根據學生的程度，來調整授課的內容。

- 収入に応じた税金を納めることは、国民の義務です。

  繳納收入對應的稅金，是國民的義務。

- お客様の予算に応じたプランをご提案します。

  我們會向客人提出符合其預算的方案。

比較

～に応じる vs. ～に応える

兩者均有滿足某要求或回應某事的意涵，但若表示「隨著前者不同，後者因應變化」時只能使用「～に応じる」。

- ヒロシはファンのリクエストに応じて（〇）／に応えて（〇）、ポールダンスを披露した。

  Hiroshi 回應粉絲的要求，秀了一段鋼管舞。

- 現場の状況に応じて（〇）／応えて（×）、臨機応変に行動してください。

  請根據現場的狀況，臨機應變地行動。

日文句型 ⑦ ～に対して 🎧115

名詞＋に対して（連用中止型：～に対し、）│
名詞＋に対する / に対しての＋名詞

用法① 對～進行某動作或採取某態度；相對於～的比例。

• ロシアがウクライナに対して大規模な攻撃を行った。

俄羅斯對烏克蘭進行了大規模的攻擊。

• あの先生は男子生徒に対しては厳しいけど、女子生徒に対しては優しい。

那個老師對男學生很嚴格，但對女學生卻很溫柔。

• 子供の教育に対する考え方は、人によってそれぞれだ。

對兒童教育的想法每個人都不同。

• 将来に対しての不安が大きくなるばかりだ。

我對未來的不安與日俱增。

• 水 100 ccに対して、砂糖を 15 グラム入れてください。

每 100cc 的水請加 15 公克的糖。

用法② 相對於～的狀況，後者則…

常體＋の＋に対して│な形容詞 / 名詞的現在肯定文：「～であるのに対して」/
「～なのに対して」

• 野球は日本では人気があるのに対して、ヨーロッパでは全然人気がない。

棒球在日本很受歡迎，在歐洲則完全沒有人氣。

• 人間は二足歩行なのに対して／であるのに対して、大多数の動物は四足歩行

である。

人類是雙腳行走，大多數的動物則是四腳行走的。

⑧ 〜のなんのって／〜なんてもんじゃない 🎧116

> 各詞性常體＋のなんのって / なんてもんじゃない｜
> な形容詞現在肯定 - な＋のなんのって

非常〜的意思，相當於「とても〜、非常に〜、甚だ〜」，是非常強調感嘆或驚訝的口語說法。「なんて（如此的）」＋「もんじゃない（不是東西）」，意指不足以表達。

- 整形手術（せいけいしゅじゅつ）を受（う）けたら、痛（いた）い<u>のなんのって</u>。顔全体（かおぜんたい）が腫（は）れ上（あ）がっている。

  動了整形手術之後真是痛到不行！整張臉都腫了起來。

- 今日（きょう）は立（た）て続（つづ）けに 10 時間（じかん）も通訳（つうやく）して疲（つか）れた<u>のなんのって</u>。もう喋（しゃべ）る気力（きりょく）もないよ。

  今天連續口譯 10 小時實在有夠累。已經連說話的力氣都沒有了。

- 自己紹介（じこしょうかい）のときに、「私（わたし）はヒロシと申（もう）します」というべきところを「私（わたし）はヒロシと思（おも）います」と言（い）ってしまい、もう恥（は）ずかしい<u>なんてもんじゃなかった</u>よ。

  自我介紹時應該要講「我是 Hiroshi」，卻講成「我想是 Hiroshi」，真的不是丟臉可以形容的了。

- ルームメイトのいびきがうるさい<u>のなんのって</u>。殺意（さつい）を覚（おぼ）えるよ。

  室友的打呼實在有夠吵！真的會有一股殺意阿。

- 元（もと）カレに似（に）てるんだって？似（に）ている<u>なんてもんじゃない</u>よ。元（もと）カレのクローンなんだから。

  你說他跟我前男友很像？這已經不是很像可以形容的了。他是我前男友的複製人阿！

Level UP

類似句型：〜の〜ないのって

- 先日（せんじつ）、額（ひたい）にボトックス注射（ちゅうしゃ）を打（う）ったんだけど、痛（いた）い<u>の</u>痛（いた）く<u>ないのって</u>。涙（なみだ）が出（で）ちゃったよ。

  前一陣子在額頭上打了肉毒，真的痛死了。我都飆淚了呢。

日文句型 ⑨ 〜にあたって／〜に先立って 🎧117

> 名詞、動詞辭書形＋にあたって / に先立って｜
>
> 名詞、動詞辭書形＋にあたっての＋名詞｜名詞、動詞辭書形＋に先立つ＋名詞

「A にあたって B」代表在 A 這個重要或特別的時候 B，常常是對 A 的決心、願望、準備等，而「A に先立って B」是在 A 之前先做 B 這件事，通常是相關手續或準備之類。也常使用連用中止形「〜にあたり、〜／〜に先立ち、〜」或「〜にあたりまして／〜に先立ちまして」等形式。

- 新製品「パワー X」の発売にあたりまして、当社は綿密な市場リサーチを行いました。

  在販賣新產品 Power X 之際，我們公司進行了非常詳盡的市場調查。

- 留学するにあたって、電子辞書や英語の参考書など使いそうなものを揃えました。

  留學之際，我買齊了電子字典、英文參考書等可能會用到的物品。

- 決勝戦にあたっての意気込みを教えてください。

  請告訴我們您在決賽前的抱負。

- 工事に先立って、地元住民に対して説明会を開く予定です。

  在施工之前，預定會先向當地居民舉辦說明會。

- この 3 か月間は、従業員の正式雇用に先立つトライアル期間です。

  這三個月是正式聘用員工前的試用期。

- 総統は日本を訪問するに先立ち、大使館でヒロシ大使と面会しました。

  總統在造訪日本之前，先在大使館會見了 Hiroshi 大使。

- 開会に先立ちまして、主催者側を代表し、一言ご挨拶を申し上げます。

  在開會之前，我代表主辦單位向各位說幾句話。

★① 「A にあたって B」通常 A 會是正向事件，B 是積極正面的內容（例 1），且 A 是重要或特別的事件，不會是太一般的小事（例 2）。

・例 1：卒業するにあたって、卒業論文で苦労しています。（▲）

　　畢業之際因為畢業論文非常辛苦。

　　　→卒業するにあたって、お世話になった先生に感謝の言葉を述べました。

　　畢業之際，向很照顧自己的老師道謝。

・例 2：寝るにあたって、好きな音楽を聴く。（×）

　　　→寝る前に、好きな音楽を聴く。

　　我睡前會聽喜歡的音樂。

★② 「A に先立って B」通常 A 是一件很特別或重大的事件，不會用在日常狀況（例 2），而 B 則是與 A 相關必要準備（例 1）。

・例 1：出張に先立って、家で漫画を読みました。（×）

　　　→出張する前に、家で漫画を読みました。

　　出差前我在家看了漫畫。

・例 2：寝るに先立って、好きな音楽を聴く。（×）

　　　→寝る前に、好きな音楽を聴く。

　　我睡前會聽喜歡的音樂。

日文句型 ⑩ ～に沿って 🎧118

名詞＋に沿って / 名詞＋に沿う＋名詞 / 名詞＋に沿った＋名詞

「沿う」本意是沿著，「A に沿って B」代表「沿著 A 做 B 的動作」，引申為「按照 A 去做 B」的意思。連用中止型為「～に沿い」；而禮貌型為「～に沿いまして」。

・ 線路に沿って歩きつづけると、大きな滝が見えてきます。

　沿著鐵軌一直走，就會有一個很大的瀑布映入眼簾。

・ 雇用契約書に沿って業務を遂行する者を、従業員と言います。

　照著雇用契約完成業務的人，稱為員工。

・ 本日は、このアウトラインに沿って、プレゼンいたします。

　今天我就照著這個大綱，向各位簡報。

・ 皆さまのご期待に沿えるよう、努力してまいります。

　為了符合各位的期待，我會繼續努力下去。

日文句型 ⑪ ～にわたって 🎧119

名詞＋にわたって｜名詞＋にわたる＋名詞

「わたる」漢字寫成「渡る」，意思是橫渡，這邊引申為「橫跨、涵蓋某範圍」，也可寫成「亘る」。此句型習慣以假名書寫，正式書面場合也常使用連用中止型的「～にわたり、」，禮貌型則為「～にわたりまして、」。

- 「ヒロシ屋」は創業 100 年で親子 3 代にわたって受け継がれてきた老舗ケーキ屋です。

  「Hiroshi 屋」是一家創業百年且傳承了三代的老字號蛋糕店。

- 「哲学の道」は京都の桜名所の 1 つで、1.5 キロにわたり桜が植えられています。

  「哲學之道」是京都著名賞櫻點之一，種植的櫻花綿延 1.5 公里。

- 長年にわたる努力が実り、ついにポールダンスの世界チャンピオンになった。

  多年努力有了代價，終於成為了鋼管舞世界冠軍。

Level UP

＊慣用句「多岐にわたる」：「多岐」代表很多方面的意思，此慣用句意為「涵蓋很多方面」。

- 通訳者になるためには、多岐にわたる知識を身につけなければならない。

  要當口譯員的話，必須學習廣泛的知識。

日文句型 ⑫ 〜て当然／〜て当たり前 🎧120

| 各詞性的「て形」＋当然 / 当たり前 |

「て形」加上判斷的論述「当然／当たり前」，意為「這樣是理所當然的」。

- 悪いことをしたんだから、罰を受けて当たり前だ。

  因為做了壞事，受到懲罰是理所當然。

- 北海道は東京よりずっと北にあるので、東京より寒くて当然だ。

  北海道位置比東京北得多，所以比東京冷是當然的。

- 韓国語を 1 か月しか習ってないんだから、ニュースが聞き取れなくて当然だ。

  因為只學了一個月韓文，所以聽不懂新聞很正常吧。

- 人の彼氏を奪ったんだから、恨まれて当然だよ。

  因為搶了人家男朋友，被怨恨是當然的。

★因「当然／当たり前」是名詞，若後面有名詞用「の」連接。

- また人のパンツを盗んだの？あいつはマジで嫌われて当然の変態だ。

  又偷人的內褲？那傢伙真的是被討厭活該的變態。

Level UP

類似文型①：～（は／も）無理（は／も）ない

> 名詞＋も無理はない。其他詞性需要用常體加の的方式先名詞化

「無理」表示沒道理，所以「～（は／も）無理（は／も）ない」意思是就算這樣也不是沒道理，意即這樣也是有道理。兩括號中「は、も」可各選一個使用。

- 日本製品は品質がいいので、観光客が買いまくるのは無理もない！

  因為日本產品品質很好，所以觀光客會瘋狂買也不是不能理解。

- やりたいことが見つからないなら、将来に対して不安を感じるのは無理もないと思うよ。

  如果找不到想做的事，那我想對未來感到不安也是可以理解。

- ヒロシと神木隆之介は非常に似ているので、見間違えるのも無理はありません。

  Hiroshi 跟神木隆之介長得非常像，所以會看錯也是正常的。

- 小林さんって本当にキレやすいよね。あんな性格じゃ、彼女ができないのも無理はないよ。

  小林真的很容易暴怒耶。那種個性交不到女友也不是沒道理。

類似文型②：〜（は、も）もっともだ

各詞性常體加の｜な形容詞及名詞句現在肯定＋なの｜＋は／も＋もっともだ

「もっとも」是な形容詞，漢字寫成「尤も」，意為「理應如此的」。此句型前方可使用は或も，句尾也可加名詞做修飾如「〜ももっともなことだ」，意思是「會這樣子也理應如此」。另一類似句型是「〜のも頷ける（也是可以點頭，可以理解的）」。

- ３時間も遅刻したんだから、彼女が怒った**のももっともだ**。

  遲到三小時之久，她會生氣也是理所當然。

- 工場で大量生産されている製品なら、安い**のはもっともだ**。

  如果是在工廠大量生產的產品，會便宜也是理所當然。

- 親友に裏切られたんだ。じゃ、彼が落ち込んでいる**のももっともなことだ**。

  原來他被好朋友背叛啊。那他會情緒低落也是理所當然的。

- ヒロシちゃんが森の中で行方不明になったの？それならご両親があんなにパニクる**のもうなずけるよ**。

  Hiroshi 小朋友在森林中失蹤了？如果是那樣，那他父母會那樣驚慌也是可以理解。

日文句型 ⑬ 〜も同然だ 🎧121

動詞た形／ない形＋も同然だ｜名詞＋（も）同然だ

「Ａも同然だ」從漢字可以理解，代表「跟Ａ幾乎已無差別」，肯定時用「た形」。連接時不需名詞化的の。後方若有名詞則使用「の」來接續。

- こんな点差じゃ、もはや**勝ったも同然**だな。

  比分差那麼多，已經跟贏了沒兩樣。

- 幸せや愛を感じられなくなったら、人は死んだも同然だ。

  人若變得不能感受到幸福及愛的話，就跟死了沒兩樣。

- 母は10年前に男と逃げてから、一度も家に帰ってきたことがない。だからいないも同然なんだよ。

  我媽十年前跟男人跑了之後，就都沒有回來過家裡。所以她基本上跟不存在沒兩樣。

- ヒロシの写真集をただ同然の値段で手に入れたよ。明日学校でみんなに見せびらかそう。

  我用幾乎零元的價格拿到 Hiroshi 的寫真集喔。明天去學校來跟大家炫耀！

- 「この骨董品、どれくらいの価値があるの？」「こんなもん、骨董品どころかガラクタ（も）同然だよ。」

  「這個古董有多少價值？」「跟古董差的遠了，這種東西就跟破銅爛鐵沒兩樣。」

日文句型 ⑭ 〜もかまわず 🎧122

> 名詞＋もかまわず｜
>
> 動詞常體｜い形容詞常體｜な形容詞〜な / である｜名詞文〜な / である｜　＋の ＋もかまわず

完全也不在意〜就去做後面那件事。「かまう」有在意、理會的意思。前方若是名詞外的詞性，或是完整句子，則必須進行加「の」名詞化。

- 別れを告げられた彼女は、人目もかまわず公園で泣き続けた。

  被告知分手後，她不顧他人眼光在公園一直哭。

- 酔った男が、他の乗客がいるのもかまわず、大声で歌っていた。

  喝醉的男子毫不在意有其他的乘客，大聲地唱歌。

- 兄は親が心配している**のもかまわず**、毎日こっくりさんをしている。

  哥哥不顧爸媽的擔心，每天都在玩碟仙。

- 息子は、センター試験が近い**のもかまわず**、漫画ばかり読んでいる。

  兒子不管學測在即，一直在看漫畫。

- 部長は、会議中である**のもかまわず**、後ろの席でカップラーメンを食べている。

  部長也不管正在開會，在後面的座位吃著泡麵。

日文句型 ⑮ 〜のもとで／〜のもとに／〜のもと 🎧123

| 名詞＋のもとで / 〜のもとに |

在〜之下，或受〜影響下。「もと」漢字寫成「下」。助詞可使用動作場所的「で」、代表靜態存在或歸著點的「に」，或予以省略。因為「下」也可以念成「した」，避免混淆此文型常以平假名書寫。

- 私は林先生**のもとで**、ピアノを習っています。

  我在林老師門下學習鋼琴。

- 去年から小林教授の指導**のもと**、ピロリ菌の研究を行っている。

  我從去年開始就在小林教授的指導之下，進行幽門桿菌的研究。

- この農園では、管理された環境**のもとで**イチゴを栽培しています。

  此農園在受到管理的環境條件下種植草莓。

- 満天の星空**のもとで**デートするほどロマンチックなことはない。

  沒有比在滿天星空下約會更浪漫的事了。

- 正義という名**のもとに**、多くの戦争が行われた。

  過去很多戰爭在正義之名下被發動。

・憲法には「すべての国民は、法の下に平等である」と書いてある。

憲法中寫到「所有國民在法律之下一律平等」。

日文句型 ⑯ おりに（は） 🎧124

| 名詞＋の｜動詞辞書形 / た形 / い形容詞 - い / な形容詞 - な　＋おりに |

非常正式生硬不使用於一般對話，意同「〜ときに」，如果特別要強化「〜的時候怎樣」這個主題概念，可以加上「は」。漢字寫成「折に」。

・台北にいらっしゃるおりには、ぜひ当社にお立ち寄りください。

若您來台北時，還請您一定來敝公司坐坐。

・海外出張のおりに、御社の松山部長にばったりお会いしました。

海外出差時，與貴公司的松山部長巧遇。

・次回お会いしたおりに、また詳しい内容をご説明します。

下次和您見面時，會向您說明詳細內容。

・ユーチューブにチャンネルを作ったのですが、お暇なおりにでもご覧いただければうれしいです。

我在 Youtube 上創了頻道，如果可以承蒙您有空的時候看一下我就太開心了。

Level UP

慣用句：折に触れて（一有機會就會）、折を見て（找個好時間）、何かの折に（某個機會下）。

・死んだ白ちゃんを折りに触れて思い出します。

我有機會就會想到死掉的小白。

- 何かの折にまた連絡してください。

  再請您有機會時聯絡我吧。

- 本の執筆でお忙しいとは思いますが、折を見てまたワインを飲みに行きましょう。

  我想您因為寫書應該很忙，找個時間再一起去喝葡萄酒吧。

日文句型 ⑰ ～にかけては 🎧125

名詞＋にかけては

「A にかけては B」代表在 A 這個特殊方面，B 常是誇讚自己或某人的能力。

- 囲碁にかけては、彼の右に出る人はいません。

  在圍棋上，沒人能出其右。

- 逃げる速さにかけては、誰にも負けない自信がある。

  在逃跑的速度上，我有不輸給任何人的信心。

- あの先生は、自画自賛することにかけては、誰にも引けを取らない。

  那個老師在自吹自擂這件事上，真的不輸任何人。

- 日本のアニメにかけては、彼は誰よりも詳しい。

  在日本的動畫上，他比任何人都更了解。

日文句型 ⑱ ～とか 🎧126

各詞性的常體＋とか

放在句尾說明一件聽來的事，常用來帶出新話題。

- イケメンはコロナウイルスに感染しにくいとか。本当かな。

  聽說帥哥比較不容易中新冠病毒。不知是不是真的。

- 部長はどんなに飲んでも酔っ払わないとか。

  聽說部長不管怎麼喝都不會醉。

- 佐藤さんの話では、昨日スペインの離島で火山が噴火したとか。

  聽佐藤說，昨天西班牙的離島火山噴發了。

- 部長の奥さんは台南出身だとか。道理で甘い飲み物が好きなわけだ。

  聽說部長的太太是台南人。難怪這麼喜歡甜的飲料。

日文句型 ⑲ ～に違いない／～に相違ない 🎧127

各詞性的常體｜

名詞 / な形容詞的現在肯定だ-/ である｜ ＋に違いない / に相違ない

「相違」指的是兩件事中有差異或不符合之處，因此「A に相違ない」與「A に違いない」均代表「事實與 A 沒有落差，一定是 A、肯定是 A、確實是 A」。「～に相違ない」比「～に違いない」生硬正式。

- 彼の実力なら N1 に合格するに違いない。

  以他的實力一定會考過 N1 的。

- 敵に情報を漏らしたのは、彼女に違いない。

  一定是她洩漏情報給敵方的。

- カタルーニャの独立問題を解決するのは難しいに相違ない。

  要解決加泰隆尼亞的獨立問題，一定很困難。

- あの落ち着きのない表情からしたら、彼が犯人であるに相違ない。

  從那慌張的表情來看的話，他一定是犯人。

- 申請書の記載内容は、事実に相違ありませんか。

  申請書的記載內容確實與事實相符嗎？

★類似句型：〜に決まっている

- コンビニより、スーパーの方が安いに決まっている。

  比起便利商店，超市一定比較便宜。

- 利回りが 300％？そんなうまい話は、詐欺に決まっているよ。

  投報率 300％？這麼好康的事情，一定是詐騙。

日文句型 ⑳ 〜をめぐって 🎧128

名詞＋をめぐって｜名詞＋をめぐる＋名詞

來自於「巡る」，意為「繞著某東西轉、或造訪一圈」。「A をめぐって B」引申為「繞著 A 這個議題 B、為了 A 進行 B」，B 的內容常常是議論、對立、爭吵、爭奪等眾人一起做的事情。正式情況可使用連用中止型「〜をめぐり」；前方名詞的部分也可使用「〜かどうか」等間接問句。

- 世界遺産を巡る旅に出たいです。

我想走一趟造訪世界遺產一圈的旅程。

- 原発の建設をめぐって、与党と野党が対立している。

圍繞在蓋核能發電廠一事，執政黨和在野黨對立中。

- 記者会見では年金問題をめぐり、激しい議論が繰り広げられた。

在記者會上圍繞著年金問題，展開了激烈的辯論。

- 優先席をめぐって、20 代の若者が 60 代のお年寄りと口論していた。

20 幾歲的年輕人跟 60 幾歲的老人為了博愛座吵了起來。

- 警戒レベルを引き上げるかどうかをめぐって、国民の間で意見が分かれている。

關於警戒級數是否升級，國民間意見分歧。

- クレカをめぐる／をめぐってのトラブルが近年増えています。

這幾年信用卡相關的糾紛越來越多。

★與「〜に関して（相關）」及「〜について（針對）」不同的是，「A をめぐって B」

中，B 必須是眾人合力做的事情。

- A1：私はウイルスの突然変異について研究しています。（○）
  B1：私はウイルスの突然変異をめぐって研究しています。（×）

我針對病毒的突變進行研究。

- A2：この問題に関しては、私からご説明します。（○）
  B2：この問題をめぐっては、私からご説明します。（×）

關於這個問題，由我來向各位說明。

日文句型 (21) ～にて 🎧129

名詞＋にて

與「で」同義，是非常生硬的書面語，常用在信件或極正式場合中。

・バルセロナにて、ヒロシより。

　在巴賽隆納，Hiroshi 敬上。

・それでは当日、会場にてお待ちしております。

　那麼，我當天會在會場等您。

・二次面接は 9 月 15 日に本社にて行います。

　第二次面試 9 月 15 日於總公司舉行。

・本日の記者会見は、これにて終了です。ご参加ありがとうございました。

　今日的記者會就在這邊結束。謝謝各位的參加。

・試験の申し込みは 5 月 31 日にて締め切らせていただきます。

　我們將在 5 月 31 號截止考試的報名。

日文句型 ㉒ ～をこめて 🎧130

名詞＋をこめて｜名詞＋をこめた / がこもった＋名詞

「Aを込める」意思為放入 A，因此「A をこめて B」指放入 A 的狀態下去做 B。若使用自動詞「A が籠る」意思則為「A 在裡面」。修飾名詞時使用「た形」。

・もっと気持ちを込めてこのセリフを言ってみてください。

請試著投入更多情感來唸這段台詞。

・愛情をこめて料理を作ると、おいしくなるらしいよ。

帶著愛做料理的話，聽說會變好吃喔。

・彼は怒りのこもった声で反論した。

他用帶著憤怒的聲音反駁。

・心がこもった温かいメッセージをありがとうございました。

感謝你充滿心意的溫暖訊息。

㉓ ～を通じて／～を通して 🎧131

名詞 ＋通じて / 通して

分別來自「通じる」及「通す」。「A を通じて B」及「A を通して B」均代表❶透過 A 這個媒介或方法手段來 B ❷在 A 這個區間中一直都是 B 的意思。兩句型可互相替換，但用法①「を通して」更強調為了達成目的而用了某手段。

用法① 方法、媒介

- 2人はフェイスブックを通じて知り合いました。

  他們兩人透過臉書認識。

- 現地の大使館を通じて、情報収集を進めています。

  正透過當地的大使館，進行資訊的蒐集。

- 弁護士を通して、夫の不倫相手に 200 万元の慰謝料を請求しました。

  透過律師向老公的外遇對象求償 200 萬元的精神撫慰金。

- 具体的な事例を通して説明していきたいと思います。

  我想藉由具體例子來進行說明。

用法② 一整個～都

- 私の国は一年を通じて暖かいです。

  我的國家一整年都很溫暖。

- ヒロシ先生は生涯を通して睡眠の重要性を訴え続けた。

  Hiroshi 老師一生都在倡導睡眠的重要性。

日文句型 ㉔ ～恐れがある 🎧132

動詞的辭書形 / ない形＋恐れがある｜名詞＋の｜　＋恐れがある

「恐れ」代表擔憂、不好的可能性。「～恐れがある」意思是「有前面這樣的風險，可能發生前面這種不好的事」，是較正式生硬的說法常見於報導中。一般客觀論述常用「が」，「～恐れもある」或「～恐れはない」也常使用。

- 大型台風が今夜にも上陸する<u>恐れがある</u>ということです。

  聽說強颱有可能今晚就會登陸。

- このビルは耐震構造になっているので、震度6の地震に襲われても倒壊する<u>恐れはありません</u>。

  這棟大樓是耐震構造，所以就算震度6的地震來襲也不會有倒塌的危險。

- 地震の影響で津波の<u>恐れがあります</u>から、今すぐ避難してください。

  受到地震的影響可能會發生海嘯，請現在馬上避難。

- ウクライナ戦争がこのまま続くと、インフレが止まらない<u>恐れもある</u>。

  烏俄戰爭再繼續下去，通膨也可能不會停止。

(25) ～につき 🎧133

名詞＋につき

用法① 表示理由　＊正式生硬用於告示或通知

・リフォーム<u>につき</u>、5月いっぱいまで休業させていただきます。

由於店內重新裝潢，我們暫停營業到 5 月底。

・大雪<u>につき</u>、本日は臨時休業いたします。

因為大雪，今日臨時休業。

用法② 表示比例，每～

・この奨学金は、一人<u>につき</u>3回まで申請できます。

此獎學金，每人最多可以申請三次。

・プロジェクターのご利用は、1時間<u>につき</u>1500円です。

投影機的使用，一小時 1500 日圓。

日文句型 ㉖ ～を除いて（は）／～を除けば 🎧134

名詞＋を除いて（は）/ ～を除けば｜名詞＋を除く＋名詞

「除く」是去除、除外，「Aを除いてはB」「Aを除けばB」意思為除了A的話就是B。

正式情況下也可使用連用中止型「Aを除き、B」。修飾名詞時使用辭書形。

- 参加者は私を除いて、全員女性です。

  參加者除了我之外，全部都是女性。

- 来週ですと、水曜日を除けば予定は入っていません。

  下週的話，除了週三外我沒有排行程。

- 駅では、喫煙ルームを除き、終日禁煙です。

  在車站除了吸菸室之外，都是全天禁菸的。

- B6A と C4X を除くすべての機種が値上げの対象になります。

  除了 B6A 及 C4X 以外的機種都是這次漲價的對象。

複合型
家族

① ～かける 〔135〕

| 動詞ます形＋かける │ 動詞ます形＋かけの＋名詞 │ 動詞ます形＋かけだ |

用法① ～到一半

- 母はいつも「やりかけたことは最後までやりなさい」と言っている。

  媽媽常說：「做到一半的事要做到最後。」

- 母は昼食を作りかけて、慌てて家を出て行った。どうしたのだろう。

  媽媽午飯做到一半，就慌慌張張出門了。到底發生了什麼事。

- ハードディスクが壊れて、書きかけのレポートが消えてしまった。

  硬碟壞了，然後寫到一半的報告就消失了。

- このリュックサックは壊れかけだけど、お気に入りだから捨てられない。

  這背包雖然快壞了，但因為很喜歡所以無法扔掉。

用法② 差一點～、快要～

- 私は新人だったころ、過労で死にかけたことがある。

  我還是新人的時候，曾經因為過勞差點死掉。

- 貯金が底をつきかけていたとき、宝くじに当たって助かった。

  眼看存款就快要見底時，中了彩券得救了。

- 私は小さいころアメリカに住んでいたが、英語は長く使っていないので忘れかけている。

  我雖然小時候住美國，但英文因為很久沒用快忘記了。

- 自分の人生はもうダメだと諦めかけていた時、ヒロシ先生が現れた。

  當我覺得人生無望已經快放棄的時候，Hiroshi 老師就出現了。

日文句型 ② ～かいがある／～かいもない／～がい 🎧136

> 動詞た形 / 名詞の ＋かいがある / ～かいもない｜動詞ます形＋がい

「～かいがある」是有做某事的價值、回報。而「～かいもない」則相反，意思是儘管做了卻連回報都沒有，白費工夫。「かい」漢字寫成「甲斐」，代表效果或價值的意思。所以ます形連接「かい」則形成複合名詞，因為連濁變成「～がい（～的價值、～的意義）」。「～かいがある／～かいもない」中的「が」及「も」可以省略。

・死に物狂いで勉強した<u>かいがあって</u>、一発で司法試験に合格した。

　拚死拚活念書有了回報，我一次就考過司法考試了。

・こんなきれいな日の出、初めて見た。早起きした<u>かいがあった</u>。

　這麼美的日出，我還是第一次看到啊。早起有了回報。

・夜更かしして応援した<u>かいもなく</u>、好きな選手が負けてしまった。

　熬夜加油卻沒有用，喜歡的選手輸掉了。

・手術の<u>かいもなく</u>、彼は若くしてこの世を去りました。

　手術也回天乏術，他很年輕就離開了世上。

・通訳は大変だけど、自分にとっては<u>やりがい</u>がある仕事です。

　口譯雖然很辛苦，但對我來說是很有價值的工作。

・A：「ヒロシ先生の<u>生きがい</u>は何ですか？」
　B：「そうですね。強いて言えば海外旅行かな。」

　A：「什麼事讓 Hiroshi 老師覺得活著有意義呢？」

　B：「這個嘛。硬要說的話應該是海外旅遊吧。」

日文句型 ③ ～向け／～向き 137

> 名詞＋向きだ / 向けだ｜
>
> 名詞＋向きに / 向けに＋一般句｜名詞＋向きの / 向けの＋名詞｜

分別來自「向ける（他動詞：使朝向）」及「向く（自動詞：朝著）」兩個動詞，由於自他動詞語感差異，「A 向け」代表下意識的行為（刻意以 A 為對象），「A 向き」則是客觀事實論述（結果剛好適合 A）。

- 人の前で喋るのが苦手ですか？じゃ、通訳より翻訳向きですね。

  你不擅在人前說話嗎？那你比起口譯更適合當翻譯呢！

- このかばんはデザインがカジュアルで、若者向きだと思います。

  這個包包設計很輕鬆休閒，我想很適合年輕人。

- これは海外向けの放送だから、日本国内では見られない。

  這是特別給國外播放的節目，所以在日本國內看不到。

- 彼は子供向けにたくさんのおもちゃを開発しました。

  他專為小孩開發了許多玩具。

- スペイン語学習者向けのコメディですから、登場人物はみんなゆっくり話しています。

  因為這是專為西班牙文學習者設計的喜劇，所以登場人物全都話說得很慢。

比較 **～向け vs. ～向き**
- 子供向きの教科書　適合小孩的教科書。
- 子供向けの教科書　針對小孩設計的教科書。

174

日文句型 ④ ～つつある 🎧 138

動詞ます形＋つつある

代表逐漸朝某方向變化，常用於變化類動詞，與「～ている」相近但較常用於報導或正式論述。正式生硬的文章中也常使用連用中止型的「～つつあり、～」。

・少子化で、台湾の人口は減りつつあります。

因為少子化，台灣人口正逐漸減少。

・空想とされていた SF 小説の世界が、現実になりつつある。

科幻小說的世界以往都被認為只是異想天開，但卻逐漸成為現實。

・コロナ禍から回復しつつあった観光業は、オミクロン株でまた打撃を受けた。

本來正逐漸從新冠疫情中恢復的觀光業，因為 Omicron 變種又再次受到打擊。

・謎だった認知症のメカニズムが解明されつつあり、治療法の研究も進んでいるという。

失智的機制以往是個謎團，但現在聽說正逐漸被釐清，治療方法的研究也有進展。

比較

變化性動詞相當於「～ている」，瞬間動詞「～ている」則常用於狀態延續而非進行中。

・人口が増えつつある。　人口逐漸增加。
・人口が増えている。　人口正在增加中。

・ゴキブリが死につつある。　蟑螂正一點一點死亡中。
・ゴキブリが死んでいる。　蟑螂死在那。

⑤ っこない 🎧139

> 動詞ます形＋っこない

強烈否定的推測，代表絕對不會發生。限用於特定動詞，ます前若為單音動詞如「います」「見ます」「寝ます」不可使用。

・ここに隠れていれば、見つかりっこない。

　　躲在這裡就不可能被找到。

・宝くじなんかどうせ当たりっこないから、買うだけ無駄だよ。

　　彩券這種東西反正也不會中，買了也是白買啦。

・この近くに住んでいるんだから、迷いっこないよ。

　　我就住在這附近，所以不可能迷路的！

・あんな人と結婚しても幸せになれっこない！

　　跟那種人結婚也不可能幸福的。

Level UP

①義同～はずがない／～わけがない

　　・1週間でこんなに多くの単語を覚えられっこないよ。

　　≒1週間でこんなに多くの単語を覚えられるわけがない／はずがないよ。

　　　一週背不了這麼多單字啦。

②「～っこ」也可表示❶做一件事情❷互相～

　　・❶：徹夜にはもう慣れっこですから、大丈夫です。

　　　熬夜我已經習慣了，所以沒問題的。

　　・❷：彼女に決めてもらおう。どっちが選ばれても恨みっこなしだよ。

　　　那就給她決定吧。不管選誰彼此都不可以恨對方喔。

日文句型 ⑥ 〜ようがない／ようもない 🎧140

> 動詞ます形 ＋ようがない / ようもない

沒辦法做某事。此處「よう」是名詞，意指「方法」。與前方「動詞ます形」形成複合名詞後，意思就是「做某件事情的方法」。助詞也可使用強調否定的「も」。

- この感動は言葉では<u>伝えようがない</u>。

  這份感動難以言喻。

- 自分の非を認めようとしない人は、<u>救いようがない</u>。

  不願承認自己過錯的人無可救藥。

- 何もかもがちんぷんかんぷんで、質問の<u>しようもなかった</u>。

  什麼都像天書一樣，所以也沒辦法提問。

- 31 対 0 じゃ、もう<u>逆転しようもない</u>よ。

  31 比 0 的話，已經沒辦法逆轉了

Level UP

①延伸句型：〜としか言いようがない，意為「也只能說〜」。此句型構造為「と（內容）」＋「しか（只有）」＋「言いようがない（沒有說的方法）」。

- 初戦で元世界チャンピオンと対戦するなんて、もう運が悪い<u>としか言いようがない</u>よ。

  第一戰就要跟前世界冠軍對戰，也只能說運氣不好了。

- 当てずっぽうで満点が取れたのは、奇跡<u>としか言いようがない</u>。

  全用猜的還可以考滿分，也只能說是奇蹟了。

②相關慣用句：

<u>どうしようもない</u>（毫無辦法）／<u>手の施しようがない</u>（無計可施）／

<u>手の打ちようがない</u>（束手無策）／<u>文句のつけようがない</u>（無可挑剔）

・状況がここまで悪化したら、もう手の施しようがないよ。

状況惡化成這樣的話，已經無計可施了。

・この物件は駅から徒歩一分で、部屋が広いし家賃も 1 か月わずか 2000 円。お化けが出るけど、文句のつけようがないよ。

這個物件離車站走路一分鐘，房間很大房租一個月只要 2000 日圓。雖然有時候會鬧鬼，但還是無可挑剔的啦。

日文句型 ⑦ ～ではないか／じゃないか 🎧141

意向形　＋ではないか / じゃないか / ではありませんか / じゃありませんか

正式場面的號召、強烈呼籲、邀請，像是選舉造勢的呼籲「你們說好不好啊」。若非正式場面需強烈呼籲時「意向形＋よ、～ませんか、～ましょうよ」即可。常體僅男性使用。

・せっかくの社員旅行だから、とことん楽しもうじゃないか。

難得的員工旅行，就讓我們一起盡情享受吧！

・みんなでヒロシ王国の誕生を祝おうではありませんか！

大家一起慶祝 Hiroshi 王國的誕生吧！

・台湾をもっといい国にしようじゃありませんか！

讓我們一起來讓台灣成為更好的國家吧！

・諦めるのはまだ早い。力を合わせて最後まで頑張ろうじゃないか。

放棄還太早了。讓我們一起同心協力加油到最後吧。

★除了呼籲號召眾人之外，也常用來挑釁對方或回應對方挑釁。

・不満があるようだね。言いたいことがあるんなら、聞いてやろうじゃないか。

你好像有不滿耶。如果你有想說的，那我就來聽一下好了。

・A：「どうせお前にはできっこないよ。」

　B：「できるかどうか試してみようじゃないか。」

　A：「反正你是做不到的。」

　B：「做得到做不到來試試看啊。」

日文句型 ⑧ ～かのように／～かのような／～かのようだ 🎧142

各詞類常體　＋かのように＋動詞、形容詞 / かのような＋名詞 / かのようだ。

（な形容詞現在肯定＋である、名詞現在肯定だ-/ である）

感覺好像是這樣似的。由「～か（不確定）」＋「のよう（的樣子）」組成。常與「まるで」「さも」「あたかも」等代表「好像、彷彿」的副詞搭配。

・小林さんはいつも自分の作り話を事実（である）**かのように**言う。

小林總是把自己編的故事講得跟事實一樣。

・彼の部屋はひどく散らかっていて、まるで泥棒に入られた**かのようだ**。

他的房間非常地凌亂，彷彿遭小偷一般。

・その占い師は、私のことを知り尽くしている**かのような**顔をしていた。

那位算命師擺著一副好像對我的事情瞭若指掌般的表情。

・ディズニーランドの園内に入ると、まるで魔法の国にいる**かのような**錯覚を覚える。

進入迪士尼樂園內後，就會有一種好像身在魔法國度般的錯覺。

⑨ ～ようでは／～ようじゃ 🎧⁽¹⁴³⁾

> 各詞性常體＋ようでは / ようじゃ
>
> （な形容詞現在肯定＋な / である｜名詞現在肯定＋の / である）

「**A ようでは B**」意思是「如果是 **A** 這樣的話，就會 **B**」。句型構成為「よう（樣子）」＋「では（的話）」。通常 **B** 是較負面的事情。「～ようでは」口語變為「～ようじゃ」。

・こんな問題も解けない**ようでは**、国立大学には受かりっこないよ。

　連這種問題都解不了的話，是考不上國立大學的喔。

・人と話すことが苦手な**ようでは**、営業の仕事は務まりませんよ。

　如果你會害怕跟人講話的話，那業務的工作應該是做不來了。

・締め切りを守れない**ようじゃ**、翻訳者として失格だよ。

　如果無法遵守截稿期限的話，是沒有資格當翻譯的。

・これぐらいの失敗で諦める**ようじゃ**、先が思いやられるよ。

　這樣的失敗你就放棄的話，那你的前途真令人擔憂啊！

Level UP

類似文型：～ようなら、～ようであれば。

> 各詞類常體（非過去)＋ようなら / ようであれば｜
>
> な形容詞現在肯定～な / 名詞現在肯定＋の＋ようであれば｜
>
> な形容詞現在肯定～な / である｜名詞現在肯定＋の / である＋ようなら

如果是這樣。此處「よう」是「樣子」。假定形也可換成其他形式及其禮貌形式如「～ようだったら（～ようでしたら）」、「～ようだと（～ようですと）」，但「～ようだと」因「と」的特性，後方不可放願望、請求、指示、要求等個人意志的內容。

- 解熱剤を飲んでも熱が下がらない**ようなら**、病院に行った方がいいよ。

  如果吃了退燒藥還是沒退燒的話，去趟醫院比較好喔。

- 電車で来られる**ようでしたら**、最寄り駅までお迎えに参ります。

  如果您要搭電車來的話，我可以開車去最近的車站接您。

- 税込みで1万円では如何でしょうか。無理な**ようであれば**今回は見送らせていただきます。

  含稅一萬日圓如何呢？如果不行的話，這次就只能先放棄了。

- これ以上ドル高が進む**ようだと**、株価がさらに下がる可能性もある。

  如果美元繼續升值的話，那股價還有再下探的可能性。

日文句型 ⑩ ～そうもない／～そうにない／ ～そうにもない 144

| 動詞ます形　＋そうもない / そうにない / そうにもない |

強調連看似～都沒有，幾乎不可能。「動詞ます形＋そう」是看起來如何的意思。

- 雨の予報だけど、どう見ても雨は降り**そうにない**。

  雖然天氣預報是下雨，但不管怎麼看感覺都不會下雨。

- レポートの締め切りが今日なんですが、間に合い**そうにありません**。

  繳交報告的期限是今天，但似乎不太可能來得及交。

- 息子が化学の実験で、カリウムの塊を水に入れて爆発を起こしたらしい。あの好奇心旺盛な性格は直りそうもないね。

  聽說我兒子在化學實驗上把鉀的金屬塊扔進水裡造成爆炸。那個好奇心旺盛的個性看來是很難改了。

- 仕事が山積みで、今夜は帰れそうもない。

  工作堆積如山,看來今晚回不了家了。

⑪ ～以来  145

動詞て形＋て以来｜名詞＋以来

自從～時間點後,就一直…。

- 幼稚園の時に犬に噛まれて以来、私は犬が怖い。

  自從幼稚園的時候被狗咬後,我就一直很怕狗。

- 初恋の恋人と別れて以来、ずっと独身です。

  自從我跟初戀情人分手後,我就一直單身。

- この辺りは、かつては有名な温泉地だったが、震災以来、閑古鳥が鳴いています。

  這附近以前是有名的溫泉街,但地震之後就一直門可羅雀。

- ヒロシの写真集は発売以来、売れ行きが好調で、写真集ランキングの上位を占め続けている。

  Hiroshi 的寫真集自從販售以來銷售狀況良好,穩居寫真集排行榜的前幾名。

- あの日以来、俺はただあいつに復讐するだけのために生きてきた。

  自從那天之後,我活到現在就只為了要對他復仇。

Level UP

類似文型：〜てこの方。使用方式及限制與「〜て以来」相同，但較生硬。

・私は生まれてこの方、自分よりかっこいい男性を見たことがない。

我自從出生之後，沒有看過比自己更帥的男生。

・結婚してこの方、一度も家事をしていません。

自從結婚之後，沒有做過一次家事。

比較

〜て以来 vs. 〜てから

「〜て以来」後方必須接過去到現在的持續性狀態，不能是一次性事件或是未來事件，時間起點也不能是太近的過去。

・日本に帰国して以来、すぐ友達と一緒に富士山に登った。（×）
　→日本に帰国してから、すぐ友達と一緒に富士山に登った。（○）

回日本之後，我馬上就跟朋友去爬富士山了。　＊一次性動作

　→日本に帰国して以来、新宿の語学センターで英語を教えている。（○）

自從回日本之後，我就一直在新宿的語言中心教英文。　＊持續性狀態

・今朝自宅で朝ご飯を食べて以来、何も食べていない。（×）
　→今朝自宅で朝ご飯を食べてから、何も食べていない。（○）

今早在自家吃完早餐之後，我什麼都沒吃。　＊近過去

　→あのホテルで特製の朝ご飯を食べて以来、すっかり虜になりました。（○）

自從在那家飯店吃了特製的早餐之後，我就完全愛上了。　＊非近過去

・面接の準備は筆記試験が終わって以来、始めよう。（×）
　→面接の準備は筆記試験が終わってから、始めよう。（○）

面試的準備等筆試結束再開始吧。　＊未來事件

| い形容詞い | な形容詞な | 名詞　＋ぶる |

裝成〜樣子、擺出〜態度。以複合動詞形態使用，用於負面意涵。

・彼女は学校ではいい子ぶっているけど、家ではやんちゃでわがままだ。

她在學校一直裝好孩子，但在家裡卻是又頑皮又任性。

・部長に昇進したくらいで偉ぶるなよ。

只不過升部長而已，少跩了。

・「自分が落ちぶれたのはこの社会のせいだ」と失敗の責任を誰かに押し付け、被害者ぶっている限り、救いようがない。

總是說「我會落魄都是社會的錯」，把失敗的責任都推給別人，擺出一副受害者的嘴臉的話，就真的無藥可救了。

・あの先輩は親切ぶって後輩に色々アドバイスしているように見えるけど、実は腹黒い人だ。

那個前輩雖然看起來裝親切好像給後輩很多建議，但事實上是內心很邪惡的人。

日文句型 ⑬ ～によって／～による 🎧147

名詞（動詞辭書形＋こと）＋によって / により（連用中止型）
名詞＋による＋名詞

用法① 原因

- スマホの普及によって、デジカメを買う人が少なくなった。

  因為手機的普及，買數位相機的人變少了。

- 国民の高い健康志向により、サプリメントの市場が拡大している。

  因為國民健康意識的高漲，保健食品的市場正在擴大中。

- ガンによる死亡者数は年々増えています。

  因癌症造成的死亡人數年年增加。

用法② 手段

- リサイクルによってゴミの量を減らし、資源を有効利用することができる。

  靠著資源回收可以減少垃圾量，也能有效利用資源。

- 定期的に復習することによって、効率よく単語を覚えることができる。

  藉由定期複習，可以很有效率地記住單字。

- 調査によると、台北市ではオートバイによる移動が、全体の約３割を占めて

  いるということだ。

  根據調查，在台北市靠機車移動的比率佔整體約三成。

- 事務所に来られない場合は、電話による相談も可能です。

  若無法前來事務所，也可以打電話諮詢。

★日常生活道具或交通工具等，使用「で」較自然。

・私は毎日自転車によって学校に通っている。（？）

→私は毎日自転車で学校に通っている。（〇）

我每天都騎腳踏車上學。

用法③ 行為主體（創作者、發現者、行為者）

・ハリーポッターはジェーケーローリングによって書かれました。

哈利波特是 J・K・羅琳所寫的。

・この図書館は、有名な建築士によって建てられたものです。

這棟圖書館，是由名建築師所建造的。

・台湾の探検家であるヒロシによって発見された島なので、ヒロシ島と命名

されました。

因為是由台灣的探險家 Hiroshi 發現的島嶼，所以被命名成 Hiroshi 島。

・このドラマは東野圭吾による長編推理小説が原作だ。

這齣劇的原作是東野圭吾的長篇推理小說。

・治療法を決める際に、医師による一方的な意思決定ではなく、患者とご家族

が希望する生き方も考慮に入れるべきだ。

在決定治療方法的時候，不應是醫師單方面的意志決定，也應該考慮到病患及家屬想要的生活方式。

用法④ 不同情況下導致的結果不同

・価値観は、人によって違います。

價值觀會因人而異。

・国によって、習慣やタブーは様々です。

不同國家，習慣及禁忌也是五花八門。

・韓国語は、相手との関係によって使う言葉が変わります。

韓文會因為跟對方的關係不同，使用的詞彙也會不同。

・私は、地域による日本語のアクセントの違いについて研究しています。

我正在針對不同區域的日文高低音差異進行研究。

★「によって」≠「によっては」

・会社によって、出勤時間が変わってくる。

不同公司出勤時間不同。

・会社によっては、残業代が出ない場合もある。

有的公司沒有加班費。

用法⑤ 根據

・入学するときにまずテストを受けてもらいます。そしてその成績によって

クラス分けをします。

入學時會先請各位參加一場考試。然後，根據考試的成績進行分班。

・収穫された梨は、重さによって、「L、M、S」の3種類に分けられます。

採收的梨子會根據重量，分成 L、M、S 三個種類。

・恒例によって、試合の前に説明会を行います。

依照慣例，比賽前會進行一場說明會。

・未成年者の飲酒は法律により禁じられています。

未成年飲酒依照法律是被禁止的。

日文句型
① ～やら～やら 🎧148

動詞辭書形｜い形容詞い｜名詞　＋やら

一下是～，一下是～。常帶有無奈、討厭、煩躁，或東西多又雜亂超難收拾的心情。

・あたりには、ビール缶やらお菓子の袋やらが散乱していて、足の踏み場もありません。

　周遭啤酒罐啦、零食袋子之類的東西散落一地，連站的地方都沒有。

・食事の準備やら掃除やらで今日はとても忙しかった。

　一下準備做飯、一下打掃，今天真的是有夠忙的。

・元カレが結婚したことを知り、嬉しいやら悲しいやら複雑な心境になりました。

　知道前男友結婚的事，不知道是開心還是難過，心情變好複雜。

・クレジットカードをなくすやら、野良犬に追いかけられるやら、今日は散々な一日だった。

　一下掉信用卡，一下又被野狗追，今天真的是超烏的一天。

日文句型
② ～につけ、～につけ 🎧149

動詞辭書形｜い形容詞 - い｜名詞　＋につけ

不管～還是～，哪一種情況都 ... 的意思。前後常放兩種相對狀況。慣用句「良きにつけ悪しきにつけ」，是「いいにつけ悪いにつけ」古文形式。

・うれしいにつけ、悲しいにつけ、私は歌を歌う。

　無論開心還是難過，我都會唱歌。

- 海を見る<u>につけ</u>山を見る<u>につけ</u>、海外にいる彼女を思い出してしまう。

  不管看到海，還是看到山，我都會想到在海外的女友。

- 良き<u>につけ</u>悪しき<u>につけ</u>、コロナ禍で私たちの生活は激変するでしょう。

  不管是好是壞，我們的生活會因新冠疫情有劇烈的變化吧。

- 大学で赤点を取って以来、韓国語が苦手な僕は、メールを読む<u>につけ</u>書く<u>につけ</u>、グーグル翻訳に頼らざるを得ない。

  自從大學韓文不及格，就很怕韓文的我，不管寫郵件還是讀郵件都必須仰賴 Google 翻譯。

日文句型 ③ ～につけて 🎧150

| 動詞辭書形＋につけて｜名詞（少部分）＋につけて |

每當～，就…。後方內容常為自然的心境變化或反應。也常使用較正式的連用中止型「～につけ、～」。「何かにつけて」、「何事につけて」為慣用句，後方不一定接心境變化。

- 元カノの名前を聞く<u>につけて</u>、嫌な気持ちになる。

  每次聽到前女友的名字，都會心情不好。

- 大学時代の写真を見る<u>につけ</u>、楽しく過ごした日々を思い出す。

  每次看到大學時期的照片，都會想起以前快樂度過的日子。

- 部長は<u>何かにつけて</u>説教を始めるので、みんなから嫌われている。

  部長只要有機會就會開始說教，所以被大家討厭。

- <u>何事につけても</u>嫌味を言ってくる上司がいて、困っている。

  我有一個上司<u>不管什麼事情都要</u>酸一下，真的很困擾。

Level UP

・誰でも間違いを犯します。それにつけても、彼のあの頑として自分のミスを認めようとしない姿勢は、やっぱり非難に値すると思います。

不管是誰都會犯錯。即便如此，我認為他那死不認錯的態度還是值得大家撻伐。

・私は北海道に行くたびに、「白い恋人」を買ってくる。（〇）

→私は北海道に行くにつけて、「白い恋人」を買ってくる。（△）

我每次去北海道，都會買「白色戀人」。

日文句型

④ ～にしろ、～にしろ／ ～にしても、～にしても／ ～にせよ、～にせよ 〔151〕

各詞性常體	名詞、な形容詞現在肯定だ-/ である
＋～にしろ、～にしろ / ～にしても、～にしても / ～にせよ、～にせよ	

不管是～或～，都…的意思。「**A** にしても **B** にしても」口語說成「**A** にしたって **B** にしたって」。四句型可互換，正式程度為「にせよ」＞「にしろ」＞「にしても」＞「にしたって」。

・仕事にしろ、趣味にしろ、本当に好きじゃなければ長くは続かない。

不管工作，還是興趣，如果不是真心喜歡就無法持續很久。

・行くにせよ、行かないにせよ、早く返事をしてくれないと困る。

不管去還是不去，你不快點給我答覆我會很困擾。

- 台北にしても、高雄にしても、大都市だと大気汚染がひどい。

  不管是台北還是高雄，只要是大都市，空氣污染都很嚴重。

- 韓国語にしたって、日本語にしたって、助詞を正しく使うことが大事だ。

  韓文也好，日文也好，正確使用助詞都是很重要的。

日文句型 ⑤ 〜も、〜ば（なら）、〜も 🎧152

名詞１＋も＋動詞及い形容詞 - ば形 / な形容詞及名詞 - なら、名詞２＋も

「Ａも〜ば、Ｂも」代表「Ａ情況與Ｂ情況同時存在，Ａ也〜Ｂ也〜」。類似「〜し、〜し」，Ａ與Ｂ不為對立內容。

- 私も一人の人間です。怒るときもあれば、泣くときもあります。

  我也是個人。有生氣的時候，也有哭泣的時候。

- 小林純一さん？いや、会ったこともなければ、名前も知らないよ。

  小林純一？沒有耶，不但沒見過這個人，也不知道這個名字。

- 曖昧な指示を出す上司も悪ければ、分からないまま仕事をする部下もダメですね。

  下達曖昧指令的上司固然不對，但不清楚情況就做事的部下也是不行。

- 台北は交通も便利なら、店やレストランもたくさんあって暮らしやすい。

  台北不僅交通方便，店家跟餐廳也都很多很好生活。

Level UP

類似句型：ＡもＡなら、ＢもＢだ／ＡもＡだが、ＢもＢだ。當Ａ及Ｂ都是名詞且雙雙成對使用時，代表「半斤八兩」的批判或指責。

- こんな見え透いた詐欺に引っかかるなんて、騙すほうも騙すほうだが、騙されるほうも騙されるほうだ。

  這麼顯而易見的詐騙居然會上當，騙人的固然可惡但被騙的也是半斤八兩。

- 電車の車内で走り回っている子供に注意したら、その子の母親に「余計なお世話だ」と言われた。まったく親も親なら子も子だ。

  稍微念了在電車中跑來跑去的小孩一句，結果那小孩的媽媽居然說我多管閒事。真是母子一樣沒水準。

「つもり」家族

＊初級學過「つもり」，意思是「打算做某事」。中心意涵是某種想法，可譯為「打算、以為、當作、認為」等。建議用時態去理解其相關句型。

日文句型 ① 〜つもりだ 🎧153

辭書形＋つもりだ

打算要〜

- ヒロシ先生と結婚するつもりだ。

  我打算跟 Hiroshi 老師結婚。

- 来年、日本に帰るつもりだ。

  我明年打算回日本。

日文句型 ② 〜つもりだ／〜つもりが、／〜つもりで、🎧154

動詞た形 / ている形　＋つもりだ / た形＋つもりが、〜

自認為、以為〜

- 試験に合格できるように頑張ったつもりだけど、やはりダメだった。

  為了通過考試，我認為我已經很努力了，可是還是沒辦法。

- 体重を減らそうと努力しているつもりだけど、なかなか痩せない。

  我認為我一直很努力減肥，但還是很難瘦下來。

- あいつは何でも分かっているつもりだろうけど、何も分かっていないよ。

  那傢伙可能以為自己什麼都知道，但其實什麼都不知道。

- 丁寧に言ったつもりが、逆に失礼になってしまう表現もある。

  有時候以為某些表達方式說起來很禮貌，但其實反而很失禮。

日文句型 ③ ～つもりで、 🎧155

> た形 / 狀態動詞辭書形 ＋つもりで、～

當作、假裝、想像自己已經～，而去～

- 海外旅行に行ったつもりで、世界各地の写真を見て楽しむのも悪くない。

  當作自己去了外國旅行，然後看世界各地的照片享受也不錯。

- 死んだつもりで勉強すれば、難しい試験でも合格できるよ。

  拚死命唸書的話，很難的考試也能通過喔。

- 学生になったつもりで考えると、効果的な教え方を思いつくかもしれない。

  想像自己變成學生來思考的話，可能會想到很有效的教學方法。

- ご自宅にいるつもりで、ゆっくり休んでください。

  您就當作是在自己家，好好休息吧。

日文句型 ④ ～つもりで／～ないつもりで、 🎧156

> 動詞辭書形 / 動詞ない形 ＋つもりで、

有～的打算、抱著～的心態，而去～

- 負けるつもりで試合に参加する選手はいない。

  沒有選手抱著要輸的打算參加比賽的。

- 家を買うつもりで貯金していたが、そのお金を海外旅行に使ってしまった。

  本來是打算要買房才存錢的，但把錢都花在海外旅遊了。

- 友達に金を貸すなら、返ってこないつもりで貸したほうがいいよ。

  如果要借錢給朋友的話，最好抱著錢回不來的心態再借比較好。

日文句型 ⑤ つもりだった／つもりでいた 🎧157

動詞た形＋つもりだった ｜ 動詞た形＋つもりでいた

當時以為已經～

- この文法を理解したつもりだったけど、実際は理解していなかった。

  當時以為已經理解這個文法了，但事實上沒有理解。

- やんわり断ったつもりだったけど、伝わっていなかったらしい。

  當時我以為我已經委婉地拒絕了，但好像沒有傳達到。

- レポートをアップロードしたつもりでいたが、まだだった。

  當時我以為我已經上傳了報告，但事實上還沒有。

日文句型 ⑥ つもりだ／つもりでいる 🎧158

形容詞＋つもりだ / つもりでいる ｜ 名詞＋の＋つもりだ / つもりでいる ｜
形容詞＋つもりだった / つもりでいた ｜ 名詞＋の＋つもりだった / つもりでいた

自以為，自認為 （後方改為過去式則代表過去這麼認為）

- もう 50 代だけど、心はまだ若いつもりだよ。

  雖然已經五十幾歲了，但我自認自己心態還很年輕喔。

- お前さ、一体何様のつもりなんだよ！偉そうに言ってんじゃねえよ！

  你這家伙，到底以為你是何方神聖啊。少在那邊自以為是裝 B 了。

- 小学生だったころ、同級生より賢いつもりでいた。

  小學時，我自認比同學都聰明。

- 冗談のつもりだったのに、本気にされてしまった。

  我本來以為只是個笑話，卻被當真了。

日文句型 ⑦ ～つもりだった／～つもりでいた 159

動詞辞書形＋つもりだった / つもりでいた

當時本來打算要～，但是～

・今日一日、日本語を<u>勉強する</u>つもりだったけど、起きたらもう午後３時だった。

　本來打算今天整天讀日文的，但起床就已經下午三點了。

・早く<u>寝る</u>つもりでいたのに、ヒロシ先生から電話がかかってきて朝まで喋ってしまった。

　本想說早點睡的，但 Hiroshi 老師打電話來就講到早上了。

日文句型 ⑧ ～ないつもりだ／～つもりはない／～つもりはなかった 160

動詞ない形＋つもりだ / 辞書形＋つもりはない / 辞書形＋つもりはなかった

打算不～／沒有～的打算／當時沒有～的打算。「辭書形＋つもりはない」代表壓根沒有這種打算，語氣比「動詞ない形＋つもりだ」來得重。

・ヒロシ先生の誕生日パーティーに<u>参加しない</u>つもりだ。

　我打算不參加 Hiroshi 老師的生日派對。

・ヒロシ先生と<u>結婚する</u>つもりはない！

　我沒有要跟 Hiroshi 老師結婚的打算！

・あなたの努力を<u>否定する</u>つもりはなかった。言いすぎてしまってごめん。

　我當時並沒有要否定你的努力的意思。說太過分了對不起。

日文句型⑨ ～つもりはない／～つもりはなかった 🎧161

> た形＋つもりはない / た形＋つもりはなかった

我不認為做過～／我當時並不認為做了～

- そんなことを言ったつもりはないけど。聞き間違いじゃないの？

  我不認為我說過那種話耶。你是不是聽錯了。

- 何これ。いや、これを買ったつもりはないよ。

  這什麼啊。不，我不認為我買過這個耶。

- すみません。彼女を騙したつもりはありませんでした。

  不好意思，我當時不認為自己騙了她。

比較 以下兩種說法語氣類似，但後者更有針對對方指控否定的意涵。

- そんなことを言わなかったつもりだ。　我認為我沒說過那種話。
- そんなことを言ったつもりはない。　我不認為我說過那種話。

〜つもりではない／〜つもりじゃない／〜つもりではなかった／〜つもりじゃなかった 🎧162

> 辭書形＋ つもりではない / つもりじゃない / つもりではなかった / つもりじゃなかった

並不是這樣打算／當時並不是這樣打算

- ヒロシ先生と結婚するつもりではなく、ヒロコ先生と結婚するつもりだ。

  我並不是打算要跟 Hiroshi 老師結婚，而是打算要跟 Hiroko 老師結婚。

- 批判するつもりじゃないけど、こんな計画はうまくいかないと思う。

  我並不是要批評，但我覺得這樣的計畫不會成功。

- これを論文のテーマにするつもりじゃなかったけど、時間がなくて。

  我本來並不是打算拿這個當作論文的題目，但因為沒有時間所以…。

3

句型統整②
依意義分類

日文句型 ① ～がち 🎧163

> ます形、名詞＋がちだ｜ます形、名詞＋がちな / がちの＋名詞

常常容易～、有～傾向、～頻率很高。常用於負面事情。

- 外食生活が続くと、野菜が<u>不足しがちで</u>栄養バランスが偏ってしまうことが多い。

  長期吃外食很容易蔬菜攝取不足，因而常常導致營養不均衡。

- 「は」と「が」の間違いは、日本語学習者に<u>ありがちな</u>ことだ。

  「は」及「が」的錯誤在日語學習者中很常見。

- ヒロシは大胆な人だと<u>思われがちです</u>が、実は蚤の心臓なんです。

  Hiroshi 容易被認為是很大膽的人，但事實上膽小如鼠。

- 期末試験の前は、勉強に追われて寝不足に<u>なりがちだ</u>。

  期末考前，忙著讀書常常睡眠不足。

- 私は最近<u>病気がちで</u>、よく会社を休みます。

  我最近很容易生病，所以上班常常請假。

- 最近、出張が多いので、家は<u>留守がちに</u>なっている。

  我最近因為出差多，所以家裡很常沒人。

- カナダに 10 日間ほど滞在しましたが、初日から天気は<u>曇りがちでした</u>。

  我在加拿大停留了大約 10 天左右，但從第一天開始就多是陰天。

日文句型 ② ～気味 🎧164

動詞ます形 / 名詞＋気味だ｜動詞ます形 / 名詞＋気味の＋名詞

與平時不太一樣，現在有稍微～的感覺。「気味」原本表示一件事給人的感覺，此處與ます形或名詞複合，形成複合詞轉濁音，常用於負面事情。

- 最近は通訳の仕事が多くて疲れ気味だ。

  最近口譯工作很多有點疲累。

- 作業がやや遅れ気味だが、納期には間に合うと思います。

  作業好像有些耽誤，但我覺得趕得上交期。

- 最近太り気味なので、カロリーの高いものは食べないようにします。

  最近有點胖，所以卡路里高的東西我不吃了。

- 大学の入学試験を1か月後に控えて、息子はここのところ緊張気味だ。

  1個月後就要大學入學考試了，兒子最近感覺有些緊張。

- 最近毎晩テニスの中継を見ているので、寝不足気味です。

  因為最近每天晚上我都在看網球的直播，有點睡眠不足。

- 風邪気味だったので、ドラッグストアで風邪薬を買った。

  因為有點感冒的症狀，所以在藥局買了感冒藥。

比較 **～がち vs. ～気味**

「～がち」強調經常反覆如何，而「～気味」著重眼前狀況。

- 宿題の提出が遅れがちで、すみません。

  作業經常遲交，不好意思。

- コロナのせいで、生産は遅れ気味だ。

  因為疫情，目前生產有點拖延。

日文句型
③ ～げ 🎧165

い形容詞い＋げ（不規則：いい⇒よさげ、ない⇒なさげ）｜
な形容詞な＋げ｜動詞ます形＋げ｜～げな＋名詞｜～げに＋動詞

帶有～的感覺或是樣子。「～げ」與前方的詞複合形成「な形容詞」。

- 怪しげな男性が家の前をうろついていたので、警察に通報した。

  一位感覺可疑的男子在我家門前徘徊，所以我報警了。

- 自信なさげに話す営業からは、誰も商品を買おうと思わない。

  誰都不會想跟說話沒自信的業務買商品。

- あの子は何かを言いたげな様子だったが、結局何も言わずに帰った。

  那孩子看起來好像想說些什麼，但結果什麼都沒說就回去了。

- 失恋して何もかも悲しげに見える。

  失戀讓一切看起來都很感傷。

- 転校してきたヒロシ君は、どこか不安げだった。

  轉學來的 Hiroshi 小朋友，感覺有點不安。

- 家に帰ったら、母は意味ありげな笑みを浮かべて私を見た。

  回到家媽媽露出意味深長的笑容看著我。

202

比較 **〜げ vs. 〜そう**

「〜そう」及「〜げ」都可形容看起來的樣子，但「〜げ」使用範圍較窄，多半形容人的外觀氛圍或神情。「〜げ」有時也能當名詞使用，「大人げ」是少數名詞連接的特例，此時「げ」也常以漢字「気」表示。

・このラーメンはおいし<u>げ</u>だ。（×）→このラーメンはおいし<u>そう</u>だ。（○）
　這拉麵看起來好好吃。

・お前って本当に<u>可愛げがない</u>女だな。
　你真是一點都不可愛的女人耶。

・これぐらいのことで怒るなんて、<u>大人げ</u>（が）ないですね。
　居然會因為這種小事生氣，也太沒有大人樣（太不成熟）了吧。

日文句型 ④ 〜っぽい 🎧166

與前詞複合成「い形容詞」，遵循「い形容詞」變化方式。

用法① 給人〜的感覺、像是〜

| い形容詞い │ な形容詞な │ 名詞＋っぽい |

・ヒロコ先生は女性だけど、<u>男っぽい</u>性格で化粧もあまりしない。
　Hiroko 老師雖然是女生，但個性非常像男生，也不太化妝。

・朝からちょっと<u>熱っぽい</u>なと思って、体温を測ったら 37.5 度だった。
　早上就覺得有點發燒，測了體溫之後 37.5 度。

・こんな<u>安っぽい</u>バッグを買ってきてどうするんだよ。
　你買這個看起來很廉價的包包回來是要幹嘛？

・台北アリーナでコンサートを開くのは、現状では<u>無理っぽい</u>ね。
　要在台北小巨蛋開演唱會，以現狀來看不太可能。

用法② 給人感覺〜很多，帶有〜特質

名詞＋っぽい

・最近引っ越したんだけど、新しい部屋は埃っぽくてカビ臭い。

最近搬家，新的房間灰塵多又有霉味。

・シャンプーしても前髪がすぐ油っぽくなる。

就算洗頭，瀏海還是很快就變油油的。

・このスープは水っぽくて全然おいしくない。

這碗湯水水的一點也不好喝。

・目撃者の証言によると、現場から逃げた車は黒っぽい車だったそうだ。

根據目擊者的證詞，從現場逃逸的車輛顏色偏向黑色。

用法③ 容易〜、常常會〜

ます形＋っぽい

・年のせいか、最近忘れっぽくなった気がする。

不知道是不是因為上了年紀，最近開始容易忘東忘西。

・飽きっぽい性格を何とかしないと、何をやっても長続きしない。

不想辦法改掉容易膩的個性，做什麼都不會長久。

・お前はせっかちで怒りっぽいので、教師には向かないかもしれない。

你性急又很容易生氣，所以可能不適合當老師。

・ヒロコ先生は惚れっぽい性格なので、若い男子学生を見るとすぐ好きになってしまう。

Hiroko 老師個性很容易暈船，所以一看到年輕男學生馬上就喜歡上對方。

★「～っぽい」口語中常用來表示「～ようだ／みたいだ／らしい」的含意。

・A：「小林さんも来るかな？」

　B：「来るっぽいよ。」

　A：「小林不知道會不會來。」

　B：「好像會來喔。」

・今日の野外コンサートは中止っぽい。

　今天的室外演唱會好像中止了。

比較

～ぽい、～らしい、～ようだ

「～ぽい」表示給人某種特質的印象，「～らしい」表示具備某身分應有的特質，而「～ようだ」表示雖然不是但感覺很像。下列例句中，A 說小林老師雖然不是小孩但有小孩的特質有點貶意；B 要成立的話，小林老師必須是小孩；C 只是單純描寫小林老師的樣子。

A. 小林先生は、子供っぽい。　小林老師很幼稚。
B. 小林先生は、子供らしい。　小林老師很天真無邪。
C. 小林先生は、子供のようだ。　小林老師很像小朋友。

比較

～ぽい vs. ～気味

「～ぽい」是客觀跡象，「～気味」是自己內在的感覺。因此，A 例句中的發燒一般使用「～ぽい」因為必須透過外在客觀溫度感測；而 B 例句中的感冒則也有個人身體的感覺，兩種均可使用。

A. ちょっと熱っぽいので、PCR 検査を受けようと思う。

　因為感覺有點發燒，我想去做 PCR 檢查。

B. ちょっと風邪気味なので、今日は早めに寝ようと思う。

　因為好像感冒了，今天想早點睡。

～っぽい vs. ～がち

「～っぽい」強調一個人本身個性或特徵，而「～がち」強調某事很常發生或容易有某種傾向。可從例句 C 看出此差異。

A. 年を取ると、誰でも忘れっぽくなる。

年紀大了，不管是誰都會變得健忘。

B. 年を取ると、物事を忘れがちになる。

年紀大了，就變得容易忘記事情。

C. 私は忘れっぽいので、忙しくなると重要なことを忘れがちです。

因為我很健忘，所以一忙起來就容易忘記重要的事情。

表示「無法克制」

日文句型 ① ～てたまらない

動詞て形 / い形容詞 - くて / な形容詞 - で ＋たまらない

非常～到一個無法忍耐的程度，適合用於身體或心理的感受。由於是描述自身感覺，
若用在第三人身上，需加上推測字眼如「ようだ」「らしい」。

- 足の裏を蚊に刺されて痒くてたまらない。

  腳底被蚊子咬，癢得受不了。

- 台湾の夏は暑くてたまらないから、夏休みはいつもカナダで過ごす。

  台灣的夏天熱得讓人受不了，所以暑假我總是在加拿大度過。

- テレビからお化けが出てきたらと思うと、不安でたまらない。

  想到要是鬼從電視裡爬出來，我就非常地不安。

- ヒロシ先生はなぜ毎日 12 時間も寝られるのか、不思議でたまらない。

  Hiroshi 老師為什麼每天都可以睡 12 小時，真的非常不可思議。

- 朝から何も食べていなくて、おなかが空いてたまらない。

  我從早上就沒吃東西，肚子餓的受不了。

Level UP

形容詞重複出現可加強語氣，如「～くて～くてたまらない」、「～で～でたまらない」。

- ヒロコ先生のことが好きで好きでたまらないんだ。この気持ちを伝える
  べきかな。

  我好喜歡好喜歡 Hiroko 老師。應該把這份心意告訴她嗎。

- 好きな人に会いたくて会いたくてたまらないときは、どうしたらいいの。

  想見喜歡的人想到受不了時，應該怎麼辦才好呢。

② ～てしかたがない／～てしょうがない 🎧168

> 動詞て形 / い形容詞 - くて / な形容詞 - で ＋しかたがない

非常～，義近「～てたまらない」，表示極度～。「しかたがない」代表沒有辦法，
與「しようがない」同義，口語常用「～てしょうがない」或省略助詞說成「～てし
かたない」。

- 部長が解雇された。明日からもう顔を合わせなくていいと思うと<u>嬉しくて仕
方がありません</u>。

  部長被解聘了。想到明天開始就不用看到他，就覺得開心得不得了。

- 仕事でアフリカの大草原に来てしまった。周りには野生動物しかいないので、
<u>寂しくて仕方がない</u>。

  因為工作的關係來到非洲大草原。周圍只有野生動物所以寂寞極了。

- 今の仕事が<u>嫌でしかたがない</u>。でも、新しい仕事が見つかるまでは辞められない。

  我討厭現在的工作討厭到不行。但是，找到新工作之前不能辭職。

- 暇人というのは、<u>暇で暇でしょうがない</u>人の意味です。

  所謂的閒人，是指閒到沒辦法的人。

- 隣の工事現場の騒音が<u>気になってしょうがない</u>から、引っ越した。

  隔壁工地現場的噪音讓人在意得受不了，所以我搬家了。

★「～てたまらない」和「～て仕方がない」描述自身感覺，若用在第三人身上，需
加上推測字眼。如「ようだ」、「らしい」、「だろう」等。

- 息子さんが東大に合格したと聞いて、彼は<u>嬉しくてたまらない／仕方がない</u>。（△）
  →彼は<u>嬉しくてたまらない／仕方がない</u>ようだ。（○）

  聽到兒子考上東大的他，看起來似乎高興的不得了。

日文句型 ③ ～てならない 🎧169

動詞て形 / い形容詞 - くて / な形容詞 - で　＋ならない

與前兩個句型同樣表示「非常～」，用於表達自身情感或感覺強烈。也常與自發性動詞合用，代表「自然而然產生」的感覺。

- 怪我で試合に出られなくなった。本当に悔しくてならない。

  因為受傷不能出場比賽了。真的非常不甘心。

- 息子がホストになりたいと言っているので、親としては心配でならない。

  兒子說想當牛郎，作為父母真的擔心得不得了。

- ヒロコ先生の結婚式に参加できないことが、残念でなりません。

  沒辦法參加 Hiroko 老師的婚禮，這件事真的是非常遺憾。

- 若いうちにもっと遊んでおけばよかったと悔やまれてならない。

  實在非常悔恨自己沒有趁年輕多玩一點。

- 自分が生まれ育った町に帰ると、小さい頃のことが思い出されてならない。

  回到自己出生長大的故鄉，就會不禁想起小時候的往事。

注：自發性動詞常是感官類動詞（有些以被動型態出現），常見動詞如下：

見える（自然看見）、思える（自然認為）、聞こえる（自然聽見）、気になる（在意）、気がする（有某種感覺）、思われる（客觀認為）、感じられる（自然感覺）等等。

てたまらない、てしかたがない、てならない

三種說法大部分可互換，但有些細微使用差異。另外，三者皆不與否定併用。

①情感、心理感受一般三者皆可用

・将来のことを考えると心配でたまらない／しかたがない／ならない。

　一想到將來的事就擔心得不得了。

②身體感覺一般三者皆可用

・さっきからお腹が痛くてたまらない／しかたがない／ならない。

　從剛剛開始肚子就痛到不行。

③自發性的感受不能使用「〜てたまらない」

・彼のコメントが嫌味に聞こえてならない／しかたがない。

　他的評論怎麼聽都像在酸我。

④不與否定並用

・もう３時なのに眠くなくてならない／しかたがない／たまらない。（×）

　都三點了但還是一點也不睏。

日文句型
④ 〜てかなわない 🎧170

動詞て形 / い形容詞 - くて / な形容詞 - で　＋かなわない

〜得讓人投降、讓人困擾受不了。「かなう」漢字寫成「敵う」，所以「敵わない」是不敵的意思。「〜てかなわない」通常不寫漢字。

・N1 の文法は難しくてかなわないが、合格するために勉強するしかない。

　N1 的文法有夠難，但為了合格只能讀了。

・蚊の音がうるさくてかなわない。殺さないと全然寝られないよ。

　蚊子的聲音吵得讓人受不了。不殺掉完全無法睡覺啊。

- この先生の授業は<u>退屈でかなわない</u>。5分も経たないうちに眠気が襲ってくる。

  這老師的課也太無聊了吧。五分鐘不到就有睡意襲來。

- 辛いものが好きだが、四川料理は<u>辛すぎてかなわない</u>。

  我很愛辣的東西，但四川料理太辣我受不了。

Level UP

類似文型：～てはかなわない、～てはたまらない。多了一個表示強調對比的「は」，變成「前面這樣子的話就很困擾、會受不了」的意思，前方通常是負面事件。

- ロボットじゃあるまいし、毎日夜中まで<u>働かされてはかなわない</u>よ。

  我又不是機器人，每天被強迫工作到半夜受不了啦。

- いくら景色が綺麗でも、毎日こんなに<u>暑くてはたまらない</u>。

  不管景色多美，每天這麼熱真的受不了。

- 大事なトロフィーを犬に<u>壊されてはかなわない</u>から、引き出しの中にしまっておいた。

  重要的獎盃如果被狗狗破壞就糟了，所以我收進抽屜裡。

- 上司に言われた通りにやったのに、自分だけの<u>責任にされてはたまらない</u>。

  明明是照著上司的指示做的，全都被歸咎成自己的責任我可受不了。

比較　有沒有「は」意思差很多

（○）何度も挑戦して、やっと N1 に合格できた。嬉しくてたまらない。
（×）何度も挑戦して、やっと N1 に合格できた。嬉しくてはたまらない。

  挑戰了很多次，總算考過 N1 了。真是太開心了。

表示
「徹底、完成」

日文句型 ① ～ぬく 🎧171

動詞ます形＋ぬく

從頭到尾不畏艱難地完成～，或徹底～。「ぬく」漢字寫成「抜く」，代表拔出來的意思。可以想像拔蘿蔔時費力地從頭到尾連根拔起。

用法① 從頭到尾

• 情報社会を<u>生きぬく</u>ためには、情報収集の方法を身につけないといけない。

> 要在資訊社會中生存下去，必須學會收集資訊的方法。

• 勝てるかどうか分からないが、最後まで<u>戦いぬく</u>つもりだ。

> 雖然不知道能不能獲勝，但我打算戰到最後。

• 自分の夢を実現するために、辛いことがあっても<u>耐えぬく</u>。

> 為了實現自己的夢想，就算有痛苦的事我也會忍耐到最後。

• ヒロシ国王、ご安心ください。この王国を敵の侵略から<u>守りぬきます</u>。

> Hiroshi 國王請您安心。我們一定會死守這個王國不受敵人侵略的。

用法② 徹底地

• 彼は長年この仕事に携わっているので、この業界を<u>知りぬいている</u>。

> 他從事這份工作多年，所以非常了解這個業界。

• 私は占い師になります。これは自分が<u>悩みぬいて</u>出した結論です。

> 我要當算命師。這是我自己百般煩惱之後做出的結論。

• あの二人は<u>惚れぬいて</u>結婚したにもかかわらず、半年も経たないうちに離婚した。

> 儘管那兩人彼此深深著迷於對方才結婚，但不到半年就離婚了。

日文句型 ② ～とおす 🎧172

動詞ます形＋とおす

維持某個狀態直到最後。「とおす」漢字為「通す」，代表貫通。

- やるからには諦(あきら)めないで最後(さいご)まで<u>やりとおす</u>つもりだ。

  既然要做，我就會做到最後不半途而廢。

- おばあさんが亡(な)くなったことを、早(はや)くおじいさんに言(い)った方(ほう)がいいよ。
  いつまでも<u>隠(かく)しとおせる</u>ことじゃないから。

  你最好快點和爺爺說奶奶過世的事。因為也不是可以瞞一輩子的事。

- 不倫(ふりん)がバレないように、彼女(かのじょ)は最後(さいご)まで嘘(うそ)を<u>つきとおした</u>。

  為了不讓婚外情曝光，她自始至終都在說謊。

- 不老不死(ふろうふし)の仙薬(せんやく)を求(もと)めて、ヒロシ国王(こくおう)は片道(かたみち)50キロの山道(やまみち)を<u>歩(ある)きとおした</u>。

  為了尋求長生不老的仙藥，Hiroshi 國王走完了單趟 50 公里的山路。

- 柴田社長(しばたしゃちょう)は、社内(しゃない)の批判(ひはん)にも負(ま)けず、自(みずか)らの信念(しんねん)を<u>貫(つらぬ)き通(とお)した</u>。

  柴田社長不因公司內的批判而退縮，還是自始至終貫徹了自己的信念。

- 赤(あか)ちゃんに<u>泣(な)き通(とお)されて</u>、一晩中(ひとばんじゅう)まんじりともしなかった。

  嬰兒哭整晚，一整晚都沒闔眼過。

日文句型
③ ～きる／～きれる／～きれない 🎧173

動詞ます形＋きる

完全做完某事，或達到極限。可能形「～きれる」及其否定「～きれない」也常使用。

食べきる	吃完	食べきれる	可以吃完
食べきらない	不吃完	食べきれない	吃不完

用法① 完全做完、不剩下任何部分

・面白い小説なので一日で読みきった。

　因為是很有趣的小說，我只花一天就看完了。

・宝くじで３億元あたったの？少し分けてよ。一人じゃ使いきれないだろう？

　你彩券中了３億元？分我一點啦。你一個人花不完吧？

・友達が多いので、台北アリーナを借りきって誕生日パーティーを開いた。

　因為我朋友很多，所以我包下了整個台北小巨蛋開了生日派對。

・よく見ると、木の枝には数えきれないほどの毛虫がうごめいていた。

　仔細一看，樹枝上有數不清的毛毛蟲在蠕動。

・犯人はもう逃げきれないと思って警察に出頭した。

　犯人覺得自己已經逃不掉，所以向警方自首了。

・２で割りきれない整数は、奇数と言います。

　用２除不盡的數字，稱為奇數。

用法② 極度地、到達極限不留餘地、100%

・戦争で隣国に避難した難民たちは、心身ともに疲れきった様子でした。

　因為戰爭逃到鄰國的難民們，呈現身心俱疲的樣子。

・締め切りが近づいているのに、いい例文を思いつかず困りきっている。

　交稿期限接近了，但想不出好的例句所以頭痛到了極點。

- イケメンはみんな優しい人だと、ヒロシ先生は言いきったが、私はそうとも言いきれないと思う。

  Hiroshi 老師斷言帥哥都是善良體貼的人，但我覺得也不能這樣說死。

- そんな分かりきったことをわざわざ言わなくてもいいと思うけど。

  那麼顯而易見的事情，我覺得不用特地講吧。

- そんなことをしたら、お父さんは死んでも死にきれないよ。

  你做那種事情的話，你爸死也不會瞑目的。

★無意志主詞不能使用可能形的否定「きれない」，而要使用一般的否定「きらない」，因為可能形只能用於有意志的主詞。

- お土産が多すぎて、かばんに入りきれない（×）／入りきらない（○）。

  伴手禮太多，以致於包包塞不下。

日文句型 ④ ～つくす 174

動詞ます形＋つくす

「つくす」漢字寫成「尽くす」，代表消耗殆盡。本句型重點在量大的東西最終完全耗盡，屬於複合動詞，常譯成「～光、～完、～盡」。

- バッタが大量発生して、広大な面積の農作物を食べつくした。

  蚱蜢大量產生，吃光了廣大面積的農作物。

- 化石燃料を使いつくしたとき、われわれの生活はどうなるのだろうか。

  當化石燃料用盡時，我們的生活會變成怎麼樣呢？

- 写真集の在庫を売りつくすために、安売りせざるをえない。

  為了把寫真集的庫存賣完，不得不便宜賣。

・ヒロシ王国は過去最悪の山火事に見舞われ、火は約 900 平方キロメートルの森を焼きつくした。

Hiroshi 王國遭逢史上最慘的森林火災，大火燒光了大約 900 平方公里的森林。

～ぬく vs. ～きる

「～ぬく」強調過程艱辛或充份徹底，而「～きる」強調百分之百做完重點在結果完成。

・マラソンを最後まで走りぬいた（〇）／走りきった（〇）。

跑完馬拉松。

・一人でケーキを食べきった（〇）／食べぬいた（×）。

一個人吃完蛋糕。

・考えぬいた（〇）／考えきった（×）末にこの結論に達しました。

深思熟慮後才得到這個結論。

～きる vs. ～つくす

「～きる」代表全部做完，但「～つくす」必須要有耗盡或一個也不剩的意思。

・足のケガにもかかわらず、息子はフルマラソンを走りきった（〇）／走りぬいた（〇）／走りつくした（×）。

儘管腳受傷，兒子還是跑完了全馬。

・私はマラソンが大好きで、世界中のマラソンコースを走りつくしている（〇）。

我超喜歡馬拉松，跑完了全世界的賽道。

表示
「暫且不論」

日文句型

① ～はもとより 〔175〕

名詞＋（助詞）＋は＋もとより｜名詞句現在肯定である＋のは / ことは＋もとより｜常體＋のは / ことは＋もとより（な形容詞現在肯定＋な / である＋のは＋もとより）

「**A**はもとより、**B**」，表示**A**本來就是這樣不用說，**B**也…。「もと（一開始）」＋「より（＝から（從））」。

- 彼はやる気はもとより、資質があるから上達が早い。

  他有幹勁就不用說了，因為有資質所以進步很快。

- 筆記試験はもとより、面接の対策もばっちりです。

  筆試就不用說了，面試的對策也是萬無一失。

- この本は、JLPT の受験者はもとより、日本語を教えている先生にも読んでいただきたい。

  這本書 JLPT 的考生就不用說了，也很希望教日文的老師能讀一下。

- 株の値動きを予測するのは、一般投資家はもとより、アナリストにとっても難しい。

  要預測股價波動，散戶就不用說了，對分析師來說也很困難。

Level UP

「は」前方也會出現其他助詞，或名詞化的形式名詞。

- ヒロシ先生の写真集は、台湾ではもとより海外でも売れている。

  Hiroshi 老師的寫真集，在台灣就不用說了，在海外也賣得很好。

- N1 になると、文法を理解するのはもとより、語彙を覚えるのもだいぶ難しくなる。

  到了 N1 這個程度，理解文法就不用說了，記詞彙也會變得相當困難。

類似句型：～はもちろん（のこと）、～。兩者可自由替換，但「Ａはもとより、Ｂ」較生硬。

- 通訳者は、母国語はもちろんのこと、外国語も自由自在に操れなければ
ならない。

  口譯員母語就不用說了，外語也必須能夠自由自在地使用。

- 「鬼滅の刃」は、日本ではもちろん、海外でも人気が高い。

  鬼滅之刃在日本就不用說了，在海外也是人氣很高。

日文句型 ② ～はさておき 🎧176

名詞＋は＋さておき｜常體（名詞、な形現在肯定不加だ）＋かは＋さておき

～先放一邊，先進行更重要的事。「さておき」為「さておく」連用中止形，由「さ
て（就那樣）」＋「おく（放置）」組成。也可使用間接疑問「Ａかはさておき」表
示是否是Ａ先不談。亦可使用動詞て形「～はさておいて」或禮貌型て形「さておき
まして」。

- 理由はさておき、人を殴ったのは許されることではない。

  理由先放一邊，動手打人是不能被原諒的。

- 時間がないので、冗談はさておきまして、さっそく本題に入りましょう。

  因為沒時間了玩笑話暫且不提，趕緊進入正題吧！

- 何はさておき、今日は広田さんの誕生日だからみんなで祝いましょう。

  其他的就先別說了，今天是廣田的生日大家一起慶祝吧。

- いつになったら実現できるかはさておき、空を飛ぶ車はすでに大きな話題に
なっている。

  先不說何時可以實現，會飛的車子已經是一個很大的話題。

日文句型③ ～はともかく（として） 177

名詞＋はともかく｜常體（名詞、な形現在肯定不加だ）＋かは＋ともかく

「**A はともかく B**」強調「**A 或許很重要但暫且不論，重點是 B**」。與「**～はさておき**」相似，前方也可放間接問句。

・見た目はともかく、このケーキは本当においしいよ。

　先不看外觀，這個蛋糕真的很好吃。

・彼女は顔はともかく、性格はとてもいいから付き合ってみても損はないよ。

　顏值先不管，她個性非常好交往看看也沒損失啦。

・会場がどこ（＝どこで開く）かはともかくとして、まずパーティーに参加する人数を確認してください。

　在哪辦先不管，請先確認參加派對的人數。

日文句型④ ～は別として／～は別にして 178

名詞＋は別として｜常體＋かどうかは別として

A 這件事就先當成別的事，暫且不論。義同「**～はともかく（として）**」。構造為名詞 **A** ＋「**は（主題、對比）**」＋「**別（其他的事）**」＋「**として（作為、弄成）**」。

・会社の理念は別として、給料がいくらなのか早く教えてください。

　公司的理念先不管，快告訴我薪水。

・この本を買うかどうかは別として、一度本屋で手に取って数ページ読んでほしい。

　要不要買這本書先不說，希望大家可以在書店拿起來讀個幾頁。

日文句型

⑤ ～ぬき／～をぬきにして／ ～はぬきにして 🎧179

名詞＋ぬきに / ぬきで｜名詞＋ぬきの＋名詞｜名詞＋を / は＋ぬきにして

除去～。「ぬく」漢字寫作「抜く」，代表拔掉、拿掉。名詞複合後加上修飾後句的「に」或狀態的「で」連接後方句子，或用「を／は＋ぬきにして（弄成拿掉的狀態）」連接後方句子，「を」是直接受詞助詞，而「は」是主題化、對比的意涵。

- タピオカミルクティーを氷ぬきでお願いします。

  我要珍奶去冰。

- パクチーぬきのカキそうめんは、全然おいしくないと思う。

  沒有香菜的蚵仔麵線我覺得一點都不好吃。

- 前置きをぬきにして、さっそく本題に入りましょう。

  開場白就不說了，趕緊進入正題吧。

- あまり時間がないので、冗談はぬきにしてまじめに議論してください。

  因為沒什麼時間了，請大家先別開玩笑認真討論。

Level UP

倘若句型後方多了對比的「は」：「Aをぬきにしては」、「Aぬきでは、Aぬきには」，意為「如果去掉 A、不思考 A，則～」，後接否定論述。

- グーグルをはじめとした大手 IT 企業をぬきにしては、我々の生活は成り立たない。

  沒有 Google 這種大型科技公司的話，我們的生活是無法維持的。

- 台湾をぬきにしては、半導体の発展は語れないだろう。

  抽掉台灣的話，半導體的發展是無法論述的吧。

- 彼のサポートぬきでは、このプロジェクトの成功はありえない。

  沒有他的支援，這個計畫是不可能成功的。

日文句型 ⑥ ～はまだしも／～ならまだしも 🎧180

> 常體（名詞及な形容詞不需だ）＋はなら＋まだしも

「まだしも」是「まだ（還）」加上「しも（強調前語）」，「A ならまだしも B」
意思是「如果是 A 的話那還說得過去，B 就真的不太能接受」。

- 友達はまだしも、見ず知らずの人に個人情報を教えるわけにはいかない。

  朋友就算了，我沒辦法將自己個資告訴素不相識的人。

- 一回だけならまだしも、何度も同じことを言われたらイライラする。

  只有一次的話就算了，同樣的事情講好幾遍真的會很煩躁。

- 小学生ならまだしも、大人が分数の足し算ができないなんて信じられない。

  小孩還說得過去，大人居然不會分數的加法太令人難以置信了。

- 優良株に投資するならまだしも、本物かどうかもわからない宝石を買うなんて
  リスクが高すぎるよ。

  如果是投資績優股就算了，把錢拿去買那些不知真假的寶石風險也太高了吧。

日文句型

① 〜にともなって 🎧181

```
動詞辭書形（＋の）/ 名詞　＋にともなって
動詞辭書形 / 名詞　＋にともなう＋名詞
```

來自「伴う」，「A にともなって B」代表伴隨著 A 產生 B。也可使用較硬的連用中止形「〜にともない」或禮貌正式的「〜にともないまして」。

用法① 隨著 A 的變化，B 也產生變化

- 人口が増える**にともなって**、大気汚染はますます深刻になってきた。

  隨著人口增加，空污是越來越嚴重了。

- スマホの普及**にともなって**、人々の習慣も変わってきた。

  隨著智慧型手機的普及，人們的習慣也逐漸改變了。

- ここ数年間は、経済の悪化**にともないまして**、犯罪率が上昇しました。

  這幾年隨著經濟的惡化，犯罪率上升了。

用法② 伴隨著 A 的發生，產生 B 這個結果或狀況

- 公金横領の発覚**にともなって**、小林部長は辞職に追い込まれた。

  伴隨挪用公款一事敗露，小林部長被迫辭職。

- 海外転勤**にともない**、子供を連れてマレーシアに移住した。

  伴隨海外轉職，我帶著小孩一起移民到了馬來西亞。

- 新事業の開始**にともなって**、従業員を募集しなければならない。

  伴隨著新事業的開始，必須招募員工。

- 地震**にともなう**大規模な土砂崩れにより、県道 12 号が通行止めとなっている。

  因為伴隨地震而來的大規模土石坍方，縣道 12 號目前無法通行。

日文句型 (2) ～につれて 🎧182

> 動詞辭書形 / 名詞 ＋につれて

「A につれて、B」代表「隨著 A 的變化 B 也產生變化」。來自「つれる（帶著）」，漢字寫成「連れる」，此句型一般不寫漢字。如同動詞本身的意思，可以想成媽媽帶小孩一起走的概念。生硬的文體中可以使用連用中止形「A につれ、B」。

・時間が経つ<u>につれて</u>、嫌な記憶もだんだん薄れていくだろう。

　隨著時間經過，不好的記憶也會慢慢淡忘吧。

・年を取る<u>につれて</u>、体力も衰えてきた。

　隨著年紀增長，體力也越來越差。

・経済の発展<u>につれ</u>、第一次産業の従事者も減ってきている。

　隨著經濟的發展，從事第一級產業的人也不斷減少。

日文句型 (3) ～とともに 🎧183

> 動詞辭書形 / 名詞＋とともに

用法① 與～一起、與～同為（≒と一緒に）

・父<u>とともに</u>、台北に引っ越してきた。

　和父親一起搬到台北。

・クラシック音楽<u>とともに</u>、台湾の歴史を振り返りましょう。

　讓我們跟著古典音樂，回顧台灣的歷史吧。

・Amei は、Jolin <u>とともに</u>、台湾を代表する人気歌手です。

　阿妹與 Jolin 同為代表台灣的人氣歌手。

- 『風とともに去りぬ』は、名作中の名作です。

  『飄（直譯為隨風飄逝）』是名作中的名作。

用法② 隨著前者一起慢慢變化

- 夏が近づくとともに、蚊やハエなどが増えてきた。

  隨著夏天近了，蚊子和蒼蠅也慢慢變多了。

- 年齢とともに、しわが目立ってきた。

  隨著年紀增長，皺紋也慢慢變明顯了。

用法③ 與前者一起出現、一起同時發生

- 大きな爆発音とともに、駐車中の車が燃え上がりました。

  與巨大的爆炸聲響幾乎同一時間，停放中的車輛整個燒了起來。

- 照明が暗くなるとともに、コンサートが始まった。

  在照明變暗的同時，演唱會也開始了。

用法④ 既是 A 也是 B，名詞與な形容詞常與である合用

- ヒロシは、通訳者であるとともに、教師でもある。

  Hiroshi 既是口譯員，也是教師。

- 佐藤一は、有名な建築士であるとともに、ユーチューバーとしても活躍している。

  佐藤一既是名建築師，作為 Youtuber 也很活躍。

日文句型
④ ～にしたがって 🎧184

動詞辭書形 / 名詞　＋にしたがって

「したがう」漢字寫成「従う」，原本是「遵從」的意思。較硬的連用中止形「～に したがい、～」及正式禮貌版的「～にしたがいまして、～」也會使用。

用法① 遵從、遵循（多以漢字書寫「に従って」）

- スタッフの指示に従って避難してください。

  請遵循工作人員的指示避難。

- 説明書に従って操作するようにお願いします。

  麻煩請照著説明書操作。

用法② 隨著前者變化，後者也隨之變化（寫假名居多）

- 高度が上がるにしたがって、空気が薄くなる。

  隨著高度上升，空氣會越來越稀薄。

- 台風の接近にしたがって、風も雨も強くなってきた。

  隨著颱風的接近，風雨也慢慢變強了。

①因前者發生而幾乎同時發生後者時，不可使用「～につれて」。「～につれて」只能表示隨著前者一起漸漸變化。②代表一起變化的時候，四種用法可以互換。

・発電所の事故につれて、大規模な停電が発生した。（×）
　→発電所の事故<u>とともに／にともなって</u>、大規模な停電が発生した。

發電廠事故發生的同時，產生了大規模的停電。

・医学の進歩<u>とともに／にともなって／につれて／にしたがって</u>、平均寿命が延びてきた。

隨著醫學進步，平均壽命也逐漸延長了。

・気温の上昇<u>とともに／にともなって／につれて／にしたがって</u>、害虫が発生しやすくなる。

隨著氣溫上升，也更容易產生害蟲。

表示「同時（一…就）」

日文句型 ① ～と同時に 🎧185

> 常體＋と同時に

在～的同時。

- ドアを開けると同時に、矢が飛んできた。

  打開門的同時，箭射了過來。

- 稲妻が走ったと同時に、店内が停電した。

  閃電劃過的同時，店裡停電了。

- 梅雨明けが発表されたと同時に、本格的な夏がやってきた。

  才剛發表梅雨結束，真正的夏天就來了。

日文句型 ② ～（か）と思うと／～（か）と思ったら 🎧186

> 常體（名詞、な形容詞現在肯定だ）＋（か）と思うと
> 常體＋の（名詞、な形容詞現在肯定なの）＋かと思うと

「A かと思うと、B」意為「才在想是不是 A 馬上就 B」。B 常是意料之外、不是自己可控制的事件。句型構造為「～か（疑問、不確定）」＋「と（內容）」＋「思うと、思ったら（才心想～馬上就）」。描述已發生事實不使用於自身行為、意志文、否定文、及命令文。

用法① 才剛〜就

- 空が急に暗くなったかと思うと、大雨が降りだした。

  才想說天空突然變好暗，就馬上下起了大雨。

- 娘が学校から帰ってきたかと思ったら、もうどっかに行ってしまった。

  女兒才剛從學校回來，就不知道又跑去哪了。

用法② 原以為〜結果（用と思ったら表示意外感）

- 息子は部屋で勉強していると思ったら、スマホゲームをしていた。

  想說兒子在房間念書，結果在玩手遊。

- オランウータンかと思ったら動物園のスタッフでした。

  想說是紅毛猩猩，結果是動物園的工作人員。

- 宝くじが当たったのかと思ったら、番号を見間違えていた。

  想說中彩券了，結果是自己看錯號碼。

用法③ 只要一想到〜就〜（用と思うと表示因果）

- 連休がもうすぐ終わるかと思うと、気が重くなる。

  一想到連假就要結束了，心情就變很沉重。

- あと数年で 40 才になると思うと、不安でなりません。

  一想到再幾年就要 40 歲了，就感到非常不安。

日文句型 ③ ～途端（に） 🎧187

動詞た形＋途端（に）

「A 途端に B」代表 A 事件直接觸發了 B 事件。B 通常是非預期的事件。此句型只用來客觀描述一個已發生的現象或事實，後方不會有未來事件或個人意志、意向、願望、命令、勸誘、請求等內容。也常以假名「～とたん（に）」表示。

・リードを放した途端、愛犬は遠くへ走っていってしまった。

　一把牽繩放開，愛狗就跑到遠處了。

・そのファイルを開いたとたん、パソコンがフリーズした。

　我打開那個檔案後，電腦馬上就當機了。

・白雪姫は毒リンゴをかじったとたん、地面に倒れて意識不明になった。

　白雪公主咬了一口毒蘋果後，馬上就倒在地上失去了意識。

Level UP

①雖譯為「一～，就～」，但兩件事的間隔長短為主觀認定，所以即使實際上有時間間隔也能使用。②事件 A 及事件 B 之間也可無因果關係，單純表達非預期的意外結果。

・あのユーチューバーは有名になったとたん、態度が大きくなった。

　那個 Youtuber 一有名之後，態度馬上就變得很跩。

・妻は結婚したとたんに、ドラマにはまるようになり、家事を一切しなくなった。

　老婆一結婚之後馬上就沉迷八點檔，完全不做家事了。

・振り向いた途端、知らない男にキスされた。

　我一轉頭，就被不認識的男人親了。

・名前を呼ばれて立ち上がった途端に、めまいがした。

　被叫到名字站起來後，馬上就感到一陣暈眩。

「〜かと思うと」通常不描述自身行為。自身行為觸發的意外結果使用「〜とたんに」。

・冷蔵庫を開けたかと思うと、ゴキブリが飛び出してきた。（×）

　→冷蔵庫を開けた途端に、ゴキブリが飛び出してきた。（○）

　一打開冰箱，蟑螂就飛了出來。

「〜かと思うと」「〜かと思ったら」前後事件必須有時間差，而「〜とたんに」幾乎是同時間（或廣義上的同時間）且前項事件引發後項事件。

・赤ちゃんって面白いですね。泣いた途端に、もう笑っています。（×）

　→泣いたかと思うと、もう笑っています。（○）

　嬰兒很有趣耶。才想說是不是哭了，下一秒就在笑了。

・やっと夏休みになった途端、もう新学期だ。（×）

　→やっと夏休みになったかと思ったら、もう新学期だ。（○）

　才想說暑假終於來了，結果一轉眼就新學期了。

日文句型 ④ 〜か〜ないかのうちに

動詞辭書形 / た形＋か＋動詞ない形＋か＋のうちに

在發生與尚未發生的極短時間內就…，意即「前一個動作還沒完全發生完畢就…」。
「うちに」代表一個時間範圍內。此句型針對<u>已發生的事實</u>進行描述，後方一般<u>不接</u>
<u>意志內容、請求、命令、否定</u>或<u>對未來的描述</u>。

- 電車のドアが<u>開くか開かないかのうちに</u>、乗客がホームになだれ込んだ。

  電車的門才剛開，乘客就一口氣湧入月台。

- Ameiのコンサートチケットは<u>発売するかしないかのうちに</u>、もう売り切れてしまった。

  阿妹的演唱會門票一開賣就賣完了。

- 社長のスピーチが<u>終わったか終わらないかのうちに</u>、社員は帰り支度を始めた。

  社長演講都還沒完全結束，員工們就開始回家的準備了。

- シロは散歩で疲れたのか、犬小屋に<u>入ったか入らないかのうちに</u>、もう寝てしまった。

  小白不知道是不是散步累了，都還沒進到狗屋就睡著了。

★「AかAないかのうちにB」不能用在要等A完全結束才能進行B的情境。

- 車内で毒蛇に噛まれた乗客は、汽車が駅に<u>到着するか到着しないかのうちに</u>（×）、病院に搬送された。

  →<u>到着するとすぐに</u>（〇）

  在車內被毒蛇咬到的乘客，火車一到站立刻被送往醫院。

比較　「AかAないかのうちにB」描述A還沒完全結束就已經重疊發生B，「AとたんにB」則是A剛發生完畢就緊接發生B。

受話器を<u>置くか置かないかのうちに</u>、次の電話がかかってきた。（×）
→<u>受話器を置いた途端</u>（〇）

一把話筒放下，下一通電話又打來了。

---

⑤ ～次第 🎧189

動詞ます形 / 動作性名詞 ＋次第

一～就…。用於非過去的意志性內容或請求，不用於客觀描寫已發生事件。此句型較生硬用於正式場合，口語可用「～たらすぐに」。

- 結果が分かり次第、連絡いたします。

  結果一知道，我會馬上聯絡您。

- 内視鏡検査が終了次第、お帰りいただけます。

  內視鏡檢查一結束，您就可以回家了。

- 授業が終わったらすぐに家に帰ってね。

  下課後要馬上回家喔。

表示「結果」

日文句型

① ～結果 190

> 動詞た形／名詞の ＋結果

如同漢字所表現的意思，表示一件事的結果。

- テニスの練習で無理をしすぎた<u>結果</u>、怪我をしてしまいました。

  練網球太勉強自己，結果受傷了。

- 毎日日本語のニュースを聞き続けた<u>結果</u>、聞き取りがだいぶよくなった気がする。

  每天持續聽日文新聞後，感覺聽力變好很多。

- アンケート調査の<u>結果</u>、野菜の中でセロリがもっとも嫌われていることが分かった。

  問卷調查的結果，得知在蔬菜當中芹菜是最被厭惡的。

- 血液検査の<u>結果</u>、特に異常はなかったようです。

  抽血檢查後，發現似乎沒有特別的異常。

> **比較**
>
> 以下兩例句均表示「一樣」的意思，但前者使用動詞、後者使用名詞連接。
>
> - 彼氏と<u>相談した</u>結果、日本に移住することを決めた。
> - 彼氏と<u>の相談の</u>結果、日本に移住することを決めた。
>
>   和男朋友討論後，決定搬到日本住。

日文句型
②　〜あげく（に）🎧191

動詞た形 / 名詞の　＋あげく

做了一堆結果徒勞無功、得到遺憾的結果。「あげく」漢字寫成「挙句」，意指古詩歌（連句及連歌）的最後一句，引申為最終結果。後方常為負面、與期待不符的結果。強調時也能說「〜あげくの果てに」，其中「果て」指的是「最終的地方」。

- 何時間も並んだあげく、売り切れだと言われた。

  排了好幾個小時的隊，結果跟我說賣完了。

- さんざん悩んだあげく、彼と別れることにした。

  煩惱了超久，最後決定跟他分手。

- その客は商品について色々と聞いたあげくの果てに、買わずに帰ってしまった。

  那位客人針對商品問東問西的，結果沒買就回去了。

- 数時間にわたる交渉のあげく、この取引は破談になりました。

  經過好幾小時的協商，最後這次交易破局了。

日文句型
③　〜末（に）🎧192

動詞た形 / 名詞の＋末（に）　｜　動詞た形 / 名詞の＋末の＋名詞

經過許多迂迴曲折的過程，或長時間做了某事後，最終有什麼結果。

- 夜を徹して議論した末に、イベントをキャンセルすることになった。

  徹夜討論的結果，決定取消活動了。

- いろいろと考えた末、ホストクラブの仕事を辞退することにした。

  想了很多之後，決定回絕牛郎店的工作。

・長年の内戦の末、少年ヒロシがついに独裁政権を倒し、ヒロシ共和国を樹立した。

多年內戰之後，少年 Hiroshi 打倒獨裁政權，建立了 Hiroshi 共和國。

・試行錯誤の末に生まれたのが、このパクチー味のアイスクリームです。

歷經一番試錯之後誕生的就是，這個香菜口味的冰淇淋。

・日本では、長時間労働と過労の末の自殺が、大きな社会問題になっている。

在日本，長時間工作和過勞最後導致的自殺事件，已成為很大的社會問題。

比較

～結果、～末に、～あげく

「結果」是客觀論述結果，較無使用限制。「末に」用於長時間或歷經各種曲折的結果，可正面亦可負面。「あげく」是經過各種辛苦過程，最後得到負面結果。從以下 ABC 三組例句來比較看看。

A.「日復一日每天加班到半夜，最後因為過勞倒下了」：

・毎日夜中まで残業し続けた結果／末に／あげく、過労で倒れてしまった。（○）

B.「做了問卷調查之後，回答不滿的學生約佔整體七成」：

・アンケートを取った結果、不満があると答えた学生は 7 割ほどいた。（○）
・アンケートを取った末に／あげく、不満があると答えた学生は 7 割ほどいた。（×）

＊調查為一次性動作，並非長時間或漫長過程的結果

C.「歷經無數次協商，結果兩國終於達成停戰協議」：

・何度も何度も交渉を重ねた結果／末に、両国はついに停戦合意に達した。（○）
・何度も何度も交渉を重ねたあげく、両国はついに停戦合意に達した。（×）

＊停戰並非壞事

表示「困難、不可能」

日文句型 ① 〜がたい 🎧193

> 動詞ます形＋がたい

心理上無法〜。「ます形」與「難い」組成的複合い形容詞，後方形成連濁「がたい」。

- 京都での留学生活は、忘れがたい思い出になりました。

  在京都的留學生活，成為了我很難忘的回憶。

- トマトを野菜とみなすのは、台湾人にとって受け入れがたいことです。

  將番茄視為蔬菜，對台灣人來說這是一件很難接受的事情。

- にわかには信じがたいかもしれないが、会社の中には宇宙人がいる。

  一時半刻可能很難相信，但公司裡有外星人。

- 彼氏はイケメンとは言いがたいけど、頭がよくて優しいから好きだ。

  雖然男友很難說是帥哥，但他頭腦很好又溫柔所以我很喜歡他。

Level UP

許多慣用句含有「〜がたい」，以下列出常見的四個：

- 自分で本を完成させた時の達成感は、何物にも代えがたいものです。

  自己完成一本書時的成就感，是**無可取代**的。

- カナダの紅葉の美しさは、筆舌に尽くしがたいものがあります。

  加拿大的紅葉之美，是**難以言表**的。

- この2枚の絵は、どれもよく描けていて甲乙つけがたいです。

  這兩張畫都畫得很好，真的**很難分出高下**。

- アメリカが軍事大国であることは、動かしがたい事実です。

  美國是軍事大國這件事，是**很難撼動的事實**。

★不能用於表示物理上或能力上的不可能。

- 鍵がかかっていて部屋に<u>入りがたい</u>（×）／<u>入れない</u>（○）。

  房間上鎖了無法進去。

- 私はこの漢字が<u>読みがたい</u>（×）／<u>読めない</u>（○）。

  我不會唸這個漢字。

日文句型 ② 〜にくい 🎧194

動詞ます形＋にくい

很難〜、不容易〜。指物理上、技術上、客觀條件的困難。

用法① 很難進行某動作、不容易〜

- 歩き<u>にくい</u>靴で登山すると、怪我をしてしまいますよ。

  穿不好走的鞋子爬山會受傷喔。

- A：「一番嫌いなユーチューバーは誰ですか？」

  B：「それはちょっと答え<u>にくい</u>質問ですね。」

  A：「你最討厭的 Youtuber 是誰啊？」

  B：「那是很難回答的問題耶。」

- 彼はいつも厳しい顔をしているので、話しかけ<u>にくい</u>です。

  他總是表情嚴肅，不太容易向他搭話。

- 「simultaneously」は高校生にとって一番覚え<u>にくい</u>英単語らしい。

  「simultaneously」據說是對高中生來說最難背的單字。

用法② 物理上的性質或狀況上的本質難以～

- 梅雨の時期は、洗濯物が乾き<u>にくくて</u>困る。

  梅雨時期，洗好的衣物都很難乾相當困擾。

- 30才を過ぎると、ダイエットしても痩せ<u>にくく</u>なります。

  過了 30 歲之後，就算節食也很難瘦下來。

- 消防服は、燃え<u>にくい</u>素材でできています。

  消防衣是用難燃性材料製成。

- 特別な加工を施した紙袋なので、破れ<u>にくい</u>ですよ。

  因為是特殊加工過的紙袋，不容易破掉喔。

日文句型 ③ ～づらい 195

動詞ます形＋づらい

某動作伴隨生理或心理上的痛苦、負擔。動詞的「ます形」與代表痛苦的「辛い」複合成「複合い形容詞」並產生連濁現象。

- 今朝、妻と大喧嘩したので、家に帰り<u>づらい</u>。

  今天早上跟老婆大吵一架，有點難回家。

- このハンバーガーは、肉や野菜が何層にも重なっているので食べ<u>づらい</u>。

  這個漢堡肉及蔬菜堆疊太多層，不容易吃。

- この電子辞書は、機能が多すぎてちょっと使い<u>づらい</u>ですね。

  這台電子字典，功能太多了有點難用。

- 好きな人からの頼みは、断り<u>づらい</u>ものです。

  喜歡的人的請求，本來就是很難拒絕的。

比較 **〜がたい、〜にくい、〜づらい**

①「〜がたい」是心理抗拒而做不到；「〜にくい」是物理或技術上客觀性困難；「〜づらい」是伴隨身心煎熬的困難。

・会社のコロナ対策は、十分だとは言いがたいです。（〇）

　公司的新冠肺炎對策，很難說是充分的。

・この早口言葉は、本当に言いにくいですね。（〇）

　這個繞口令，真的很難念耶。

・ちょっと言いづらいですけど、林課長の彼氏はちょっとキモいです。（〇）

　有點難以啟齒，但林課長的男友有點噁心耶。

②物理上的性質，通常使用「〜にくい」。

・このコップはプラスチック製なので、落としても割れにくい。（〇）
・このコップはプラスチック製なので、落としても割れがたい。（×）
・このコップはプラスチック製なので、落としても割れづらい。（×）

　這個杯子是塑膠製的，所以摔在地上也不太會破掉。

③非心理抗拒稍微努力還是做得到的情況，不使用「〜がたい（不可能）」。

・すみません、周りがうるさすぎてちょっと声が聞き取りにくいんです。（〇）
・すみません、周りがうるさすぎてちょっと声が聞き取りづらいんです。（〇）
・すみません、周りがうるさすぎてちょっと声が聞き取りがたいんです。（×）

　不好意思，周遭太吵了聲音有點聽不太清楚。

④純粹心理上做不到使用「〜がたい」，若使用物理、狀況上困難的「〜にくい」，或伴隨身心痛苦的「〜づらい」代表並非完全不行只是很困難。

・優秀でおとなしい健介君が人を殴るなんて信じがたい話だ。（〇）
・優秀でおとなしい健介君が人を殴るなんて信じにくい話だ。（？）
・優秀でおとなしい健介君が人を殴るなんて信じづらい話だ。（？）

　優秀又乖巧的健介會打人，真的是很難以置信。

⑤純心理困難，非物理上的難度也並非完全做不到時，只能使用「～づらい」。

・上司と喧嘩してしまったので、会社に行きづらいです。（○）
・上司と喧嘩してしまったので、会社に行きにくいです。（×）
・上司と喧嘩してしまったので、会社に行きがたいです。（×）
　因為跟上司吵架了，所以去公司壓力很大。

⑥「～づらい」「～にくい」表達生心理困難時有時通用，但前者著重身心負擔、煎熬，後者著重物理特性、客觀條件下的困難。

・この教科書は、文字が小さすぎて読みにくいです。　＊字小難辨識
・この教科書は、文字が小さすぎて読みづらいです。　＊對眼睛有負擔
　這本教科書字太小很難閱讀。

・この仕事を林さんに頼みたいですが、ちょっと頼みにくいです。
　＊可能現在對方被很多人圍住、呈現出不可靠近的氛圍等，狀況上的困難

・この仕事を林さんに頼みたいですが、ちょっと頼みづらいです。
　＊對方工作已經過多之類的，心理負擔
　想拜託林桑這個工作，但有點難拜託。

日文句型
④ かねる 🎧196

動詞ます形＋かねる

狀況或立場不允許而無法～。服務業或商業情境中婉拒時常用，多譯為「難以～、無法～」，語氣正式生硬意近「できない」但較委婉。與「動詞ます形」結合成「複合動詞」。注意「～かねる」雖是肯定形，但表示否定意涵。

- 収益性を考えて、ヒロシ社を買収するという提案には賛成し<u>かねます</u>。

  考慮到收益性，我無法贊成收購 Hiroshi 公司的提案。

- 仕事で忙しくて、12 月の JLPT を受験するか決め<u>かねて</u>います。

  因為工作忙碌，現在很難抉擇是否報考 12 月的 JLPT 考試。

- 本プロジェクトに関係のない質問には、お答えし<u>かねます</u>。ご了承ください。

  我們無法回答與本計畫無關的問題，請見諒。

- 不適切な使用による損害に関しては、当社は責任を負い<u>かねます</u>。

  關於不當使用造成的損害，本公司恕難負責。

- 複数の要因が絡み合っているので、株価がいつ上がるか断言し<u>かねます</u>。

  因為有很多因素牽涉其中，股價何時會漲我無法斷言。

Level UP

相關慣用句：

- 苦しんでいるクラスメートを<u>見るに見かねて</u>、先生にいじめのことを告げました。

  實在**看不下去**受苦的同學，所以我告訴了老師霸凌的事情。

- 奥さんを馬鹿にされた名俳優が、<u>腹に据えかねて</u>壇上のコメディアンにビンタをした。

  妻子被開玩笑，名演員**吞不下這口氣**打了台上的喜劇演員一巴掌。

★不用於能力論述，只用於狀況不允許。

- 私はフランス語を話しかねます。（×）

  →私はフランス語を話せません。

  我不會說法文。

日文句型 ⑤ 〜かねない 🎧197

動詞ます形＋かねない

有某風險、可能導致某負面結果。

- 休憩を取らずに働き続けると、体を壊し<u>かねない</u>よ。

  不休息一直工作的話，可能會搞壞身體喔。

- インフレがこれ以上進むと、深刻な事態になり<u>かねません</u>。

  通膨繼續惡化下去的話，情況可能會變很嚴重。

- 夜中の３時に電話してきた？非常識なあいつならやり<u>かねない</u>よな。

  半夜３點打電話過來？如果是那白目的傢伙，的確可能會做這種事。

- そんな風に書くと誤解され<u>かねない</u>から、ちょっと言い方を変えたほうがいいよ。

  那樣寫的話可能會被誤解，所以換個說法比較好喔。

★「〜かねない」不能用於好的情況上。

- よし！この調子でいけば、<u>決勝戦に進出でき</u>かねないよ。（×）

  →<u>決勝戦に進出できる</u>かもしれない（〇）

  好耶！保持這個狀況下去，可能可以挺進決賽喔。

日文句型 ⑥ 〜うる（える）／〜えない 🎧198

動詞ます形　＋うる（える）/〜えない

辭書形時「うる／える」均可讀，但「うる」較生硬，ます形、否定、過去式則只有「えます」「えない」「えた」一種念法。此句型偏硬，使用在較高級的語境中。

用法① 有這樣的可能性、可能會～

- 認知症は、年を取ったら誰でもなり<u>うる</u>病気です。

  失智症是只要年紀大了不管是誰都可能會得的病。

- ヒロシが浮気した？いやいや、彼に限ってそんなことはあり<u>えない</u>よ。

  Hiroshi 外遇？不不，別人我不知道他的話不可能有那種事。

- 自然災害はいつ、どこでも起こり<u>うる</u>から、防災意識がなくてはならない。

  天災不管何時何地都可能會發生，所以不可以沒有防災意識。

- こんなひっかけ問題は、誰でも間違え<u>うる</u>から気を付けてください。

  這種陷阱題每個人都可能會錯，所以請小心一點。

用法② 有辦法、能夠

- 考え<u>うる</u>方法を全部試してみたけど、やっぱりダメだった。

  能夠想到的方法我全部都嘗試了，但還是不行。

- 犯罪者の心理は、私には理解し<u>えません</u>。

  犯罪者的心理我無法理解。

- 株価が一気に 40％も暴落するなど、誰も予測し<u>えなかった</u>。

  股價居然會一口氣暴跌 40％，這是任誰都沒能預測到的。

- 家族しか知り<u>えない</u>情報を聞くことで、電話詐欺を防ぐことができる。

  透過詢問只有家人能夠知道的資訊，可以防止電話詐騙。

★不能用於純能力、技術的論述上。

- 私はフランス語を話し<u>えません</u>。（×）

  →私はフランス語を<u>話せません</u>。

  我不會說法文。

表示「不改變狀態」

① ～まま 🎧199

動詞た形 / 動詞ない形　＋まま

い形容詞 - い / な形容詞 - な / 名詞の　＋まま

「～た（完成）」＋「まま（維持該狀態）」及「～ない（未完成）」＋「まま（維持該狀態）」，代表「不改變該狀態的情況下～」。形容詞及名詞用法表示維持前述狀態。

- 私はクーラーをつけたままで寝るのが好きだ。

  我喜歡開著冷氣睡覺。

- 姉はトイレに入ったまま、1時間経っても出てこない。

  姊姊進廁所之後，經過一小時還是不出來。

- 税金を払わないままでいると、延滞金が発生してしまうよ。

  一直沒繳稅的話，會產生滯納金喔。

- 先生はオンライン授業で、マイクがミュートのまま話し続けていました。

  老師在線上教課時，在麥克風靜音的狀態下說了好一陣子話。

- 年を取っても若いままでいられる方法を知りたい。

  想知道就算年紀增長還是可以維持年輕的方法。

- 10年以上勉強しているにもかかわらず、英語は下手なままです。

  儘管學了十年以上，英文還是一直很爛。

Level **UP**

連接後句時常加助詞「で（以某個狀態）」，也常使用「～ままにしておく」表示放置那個狀態不改變。

・何も<u>知らないままで</u>投資をしてしまうと、あっという間に資産を失ってしまうよ。

　什麼都不知道的狀態下進行投資的話，會在短時間內就失去資產喔。

・プラグをコンセントに長時間<u>差したままにしておく</u>と、火災の原因になりかねません。

　如果長時間一直將插頭插在插座上不拔，有可能會導致火災。

日文句型
② ～（が）まま（に）…／～（が）ままだ 🎧200

┌──┐
│ 動詞辭書形 / 受身形　＋（が）まま（に）…/（が）ままだ │
└──┘

任憑某事態發展，不刻意改變什麼。構造為「動詞辭書形（要進行的動作）」＋「が（古文的接續，類似現代的「の」）」＋「ままに（維持某狀態）」。

・友達に勧められる<u>がままに</u>、高価な香水を購入した。

　順著朋友的推薦，我買了昂貴的香水。

・保険会社の営業に言われる<u>まま</u>、契約書にサインしました。

　完全照著保險公司的業務說的，在合約上簽了名。

・この猫は人慣れしていて、撫でると気持ちよさそうにされる<u>がままです</u>。

　這隻貓很親人，摸牠的話牠會看似很舒服地任你摸。

・自分の思う<u>ままに</u>人生を送ることこそが、私にとっての自由です。

　照著自己所想的過人生，這才是對我而言的自由。

日文句型

③ ～たままを 🎧201

動詞た形＋ままを＋動詞

不加改變、就那個樣子如實地。將「まま」當形式名詞與前方「た形」合用。

・一体何が起きたのか、見たままを話してもらえますか。

到底發生了什麼事，可以請你照實說出你所看到的嗎？

・私の意見じゃないですよ。彼から聞いたままを話しただけです。

這不是我的意見喔。我只是把從他那邊聽到的如實說給你聽而已。

・昔の詩人は、自分の感じたままを詩で表現していました。

以前的詩人會將自己所感受到的用詩忠實呈現出來。

④ ～通り 🎧202

動詞辭書形 / 動詞た形 / 名詞の　＋とおり｜名詞＋どおり

完全依照～。「A 通り（に）B」指「照著 A 去 B」。

・分割払いを解除しますので、私が今から指示するとおりに ATM を操作して
ください。

我要幫你解除分期付款，所以請照著我現在開始指示的操作 ATM。

・校長先生がさっき仰ったとおり、明日から遠隔授業になります。

正如校長剛剛所說，明天將開始遠距教學。

・0.5％の利上げは、市場の予想どおりの結果です。

升息兩碼是市場預期的結果。

・説明書のとおりに設定してみたが、インターネットにつながらなかった。

試著按照說明書設定了，但還是連不上網路。

| 比較 | 以下兩句差別只在於第二句使用複合名詞型態的「予定どおり」。 |

・マラソン大会は、予定のとおりに開催いたします。
・マラソン大会は、予定どおりに開催いたします。
　　馬拉松大賽會照預定舉辦。

日文句型
⑤ 〜っぱなし 🎧203

動詞ます形＋っぱなし

來自「放す」，形成複合名詞時，產生促音及半濁音的音便。句中常見形式有「〜っぱなしだ（句尾）」、「〜っぱなしで／〜っぱなしにして〜（句中連接，以⋯的狀態）」、「〜っぱなしにする（弄成這樣放置不管的狀態）」、「〜っぱなしの＋名詞」。書寫時假名或漢字均常見。

用法① 放置某個行為結果不處理

・あまりに疲れていたので、電気をつけっぱなしで寝てしまった。

　因為實在太累了，燈開著沒關就睡著了。

・何度言わせたら気が済むの？服は脱ぎっぱなしにしないで。

　你要我講幾次你才高興？衣服不要脫了就放在那兒。

・この小説、ずっと借りっぱなしだ。早く返さなくちゃ。

　這本小說，借了一直沒還。不趕快還不行。

・私は洗顔のとき、いつも水を出しっぱなしにしている。

　我洗臉的時候，總是開著水龍頭不關。

用法② 一直維持某行為或狀態不改變

- 満員電車で立ちっぱなしだったから、もうくたくただよ。

  在滿是人的電車中一直站著，已經累癱了。

- 逃げっぱなしの人生を送ってきた。こんな自分が嫌でたまらない。

  我一直過著逃避的人生。我真的好討厭這樣的自己。

- バタフライズは今年に入ってから負けっぱなしだね。頑張ってほしいな。

  蝴蝶隊今年開始一直輸耶。希望他們加油。

- 長時間座りっぱなしだと、寿命が縮むとテレビで言ってた。

  電視說長時間一直坐著壽命會減短。

 〜っぱなし vs. 〜たまま

「〜っぱなし」可以代表結果或行為的延續，但「〜たまま」只能表達結果的延續。

①結果的延續：

（○）スーツを着たままで寝てしまった。
（○）スーツを着っぱなしで寝てしまった。

　　穿著西裝沒換就睡著了。

②行為的延續：

（○）音痴の妻が一日中歌いっぱなしで、うるさくて気が狂いそうです。
（×）音痴の妻が一日中歌ったままで、うるさくて気が狂いそうです。

　　我那個音癡太太一整天都在唱歌，吵死人整個快瘋了。

日文句型 ⑥ ～（っ）きり 🎧204

> ①動詞た形＋（っ）きり

做完～之後，再也沒有後續、或一直維持該狀態。「きり」是從「切る」這個動詞來的，取其ます型使用。可以想像是那個時間點切一刀，之後就再也沒後續或變化的意思。「きり」發音方便也常變為「っきり」。

- 息子は山登りに行ったきり、夜になっても帰ってこないので心配だ。

  兒子去爬山之後，到了晚上還是沒回來我很擔心。

- 父は交通事故で寝たきりになってしまいました。

  我爸因為車禍臥床不起了。

- 2年前に友人に100万円を貸したきり、まだ返してもらえていない。

  2年前借了朋友100萬日幣，但他還沒有還我。

> ②名詞＋（っ）きり｜名詞＋（っ）きり＋で、～｜名詞＋（っ）きり＋だ｜
> 名詞＋（っ）きり＋の＋名詞

接在名詞（特別是數量詞及指示代名詞）後方，強調數量僅有這樣、或就那樣而已。

- 大学生活は一度きりだから、勉強以外のこともしておいたほうがいいよ。

  大學生活只有一次，所以最好也做點念書之外的事比較好喔。

- 知らない国で一人きりになった時は、本当に怖いです。

  在陌生的國家變成孤伶伶一個人真的很恐怖。

- 高級ホテルで、彼女と二人きりの夜を過ごした。

  我跟她在高級飯店度過了只有兩人的夜晚。

- 彼女とは去年一緒に晩ご飯を食べて、それっきりですね。

  去年和她一起吃了頓晚餐，從那之後就沒見過了。

③動詞ます形＋（っ）きり

一直都只做某件事，或是維持某狀態。

・母は、入院しているおじいちゃんを<u>つきっきりで</u>看病しています。

　媽媽一直貼身照顧住院中的爺爺。

・部長は会社ではよく部下の面倒を見る優しい上司ですが、家では家事や育児
を全部奥さんに<u>任せっきりだ</u>そうです。

　部長在公司是一個很照顧屬下的溫柔上司，但聽說在家都把家事及照顧小孩的責任完全丟給
老婆不管。

・３年ぶりの海外旅行なので、友達と<u>思いきり</u>遊びたいです。

　因為是事隔三年的海外旅遊了，想跟朋友盡情地玩樂。

・学校で嫌なことがあったのか、息子は帰ってきてから部屋に<u>こもりっきりです</u>。

　不知道是不是在學校碰到不愉快的事情，兒子回家之後就一直關在房間裡。

表示「充滿」

① ～だらけ 🎧205

名詞＋だらけだ / だらけで │ 名詞だらけの＋名詞

表示某負面事物大量存在。為接尾詞，複合過後遵循名詞使用方式。

- こんな間違いだらけの作文は、直しようがないよ。

  這樣滿是錯誤的作文，根本沒辦法改啊。

- 彼の証言は嘘だらけで、聞いていられません。

  他的證詞充滿謊話，聽不下去。

- 何があったの？体中傷だらけじゃないか！

  發生什麼事了啊？你怎麼全身都是傷！

- 仕掛けられた爆弾が爆発して、あたりが血だらけになった。

  預先設置好的炸彈爆炸，周遭變成一片血海。

Level UP

「～だらけ」表示的負面常是主觀認定，如下面第一個例句，客觀來說不見得不好，但說話者不喜歡就可使用。若表達非負面語氣應使用「～で（內容物）＋いっぱい（很多）」。

- 彼の部屋はヒロシのポスターだらけだ。

  他的房間充斥著 Hiroshi 的海報。

- おじいちゃんの家の庭は、いつも綺麗な花でいっぱいだ。

  爺爺家的庭院，總是有很多漂亮的花。

日文句型 ② ～まみれ 〔206〕

> 名詞＋まみれ｜名詞＋にまみれる｜
> 名詞＋まみれ＋の＋名詞｜名詞＋にまみれた＋名詞

來自「塗れる（不好的髒東西附著在整個表面）」。與前方名詞複合時，「Aまみれ」就代表A沾滿某物品表面的樣子。常搭配的名詞為液態或粉塵狀負面物質，譬如「汗」「泥」「血」「油」「埃」「砂」等。複合後遵循名詞使用方式，與動詞型態「Aにまみれる」同義。

- キッチンの換気扇は、長年の使用で油まみれになっている。

  廚房的抽油煙機因長年使用變得油膩膩的。

- 子供たちは、泥まみれになりながら田植えを楽しんでいた。

  小朋友們全身沾滿泥巴，享受著插秧的樂趣。

- 大掃除していたら、ほこりまみれの時計が出てきた。

  大掃除到一半，跑出一個沾滿灰塵的時鐘。

- 台湾の夏は暑くてたまらない。外を歩くだけで汗まみれになってしまうので嫌だ。

  台灣的夏天熱死人了。只是在外面走就全身是汗超討厭。

★① 「借金」雖非附著性的物質，但慣用「借金まみれ」來代表債台高築。

・借金まみれの生活から抜け出したい。

我想脱離欠一屁股債的生活。

② 「〜まみれだ」＝「〜にまみれている」

・ケーキを食べる弟の口元は、**クリームまみれ**だ。
  ＝ケーキを食べる弟の口元は、**クリームにまみれて**いる。

吃蛋糕的弟弟，嘴邊沾滿了奶油。

③ 「〜まみれの＋名詞」＝「〜にまみれた＋名詞」

・昨夜、血まみれのゾンビに追われる夢を見た。
  ＝昨夜、血にまみれたゾンビに追われる夢を見た。

昨晚做了一個被全身是血的殭屍追的夢。

「〜まみれ」vs.「〜だらけ」

「〜まみれ」只用於可附著的液體或粉塵類，「〜だらけ」只要大量存在即可使用。

・皺だらけの顔（〇）／皺まみれの顔（×）
  滿是皺紋的臉

・泥だらけの手（〇）／泥まみれの手（〇）
  沾滿泥巴的手

・血だらけのナイフ（〇）／血まみれのナイフ（〇）
  沾滿血的刀子

③ 〜ずくめ 🎧207

> 名詞＋ずくめ

從頭到尾均〜、充斥著〜。可搭配的單字有限，常見有「いいことずくめ」「黒ずくめ」
「記録ずくめ」「規則ずくめ」「異例ずくめ」「残業ずくめ」「おめでたいことずくめ」
「ごちそうずくめ」等。

・N1 に合格したし、いい会社に就職できたし、今年はいいことずくめだ。

  考過 N1 考試，也去了好的公司上班，今年真是好事不斷。

・私が通っていた中学は、規則ずくめで自由がほとんどなかった。

  我以前念的國中規則一大堆，幾乎沒有自由可言。

・コロナで 1 年延期となり、感染防止のため無観客で開催された、異例ずくめ
  の東京オリンピックが先月幕を閉じた。

  因為新冠肺炎延期一年，然後為了防止感染以無觀眾的方式舉辦，這樣充滿特例的東京奧運
  上個月閉幕了。

・今回のオリンピックは、初出場の選手が大活躍して、記録ずくめの大会となった。

  這次的奧運，初次登場的選手大放異彩，成為滿是記錄的大賽。

・黒ずくめの男性がずっとこちらを見ている。

  一位黑衣男子一直往我這邊看。

表示「對比」

① ～一方（で）

> 各詞性常體（な形容詞現在肯定 - な / である｜
> 名詞現在肯定 - の / である）＋一方で

「**A 一方で B**」代表一方面有 **A** 這個狀況，另一方面也有 **B** 這個狀況。可用於對比或說明兩者並存。也能使用連接詞「その一方で～」另啟新句。

用法①對比 A 與 B 的狀況

- 留学生活は楽しい<u>一方で</u>、大変なこともたくさんある。

  留學生活一方面很開心，另一方面也有很多辛苦的事情。

- 日本語学習者が増えている<u>一方</u>、教師の数は横ばいだ。

  日文學習者不斷增加中，但另一方面教師的數量卻是持平。

- 子供の数が年々減っている。<u>その一方で</u>、高齢者の数は増えている。

  小孩的數量年年減少。另一方面，年長者的數量卻在增加。

用法②表示多面性，A 與 B 兩種狀況並存

- 私は通訳として働く<u>一方で</u>、オンラインで日本語も教えている。

  我一方面以口譯員身份工作，一方面也在線上教日文。

- この会社は、家電を製造する<u>一方で</u>、再生エネルギー事業にも力を注いでいます。

  這間公司一方面製造家電，一方面也致力於再生能源事業。

日文句型 ② 〜に反して 🎧209

名詞＋に反して｜名詞＋に反する｜名詞＋に反する / 反した＋名詞

來自「反する」這個動詞。「A に反して B」意為「與 A 相反／違背」。

- 今回の大統領選では、予想に反して、ヒロシ氏が当選した。

  這次總統大選與預期相反，Hiroshi 當選了。

- 決勝戦では、我々の期待に反し、台湾の選手が負けてしまった。

  違背了我們的期待，台灣的選手決賽輸了。

- 会社のルールに反して副業をしていることがバレると、解雇されることもある。

  如果違反公司規定做副業被知道的話，有可能會被解僱。

- これは、事実に反した報道だと言わざるを得ません。

  這個我必須說是違反事實的報導。

日文句型 ③ 〜反面、〜半面 🎧210

各詞性常體（な形容詞現在肯定な / である｜名詞現在肯定の / である）＋反面

代表事情有 AB 兩面，AB 常是對立關係。

- 彼氏は普段優しい反面、怒るとめっちゃ怖い。

  男朋友平常非常溫柔，但相反地生起氣來很恐怖。

- インターネットは便利である反面、様々なリスクが潜んでいる。

  網路非常方便，但相反地也潛藏很多風險。

- この合成繊維は、酸や熱に強い反面、染色しにくいという欠点がある。

  這個合成纖維一方面耐熱也耐酸，另一方面有不好染色的缺點。

- スペインでの留学生活に期待している反面、不安も大きい。

  我期待西班牙的留學生活，但相反地也感到很不安。

PART

4

接續詞

① それなのに 🎧 211

儘管如此、明明是這樣（逆接）

- 身を粉にして働いている。それなのに、収入が一向に増えない。

  拚死命在工作。儘管如此收入還是完全沒有增加。

- 試験で満点を取った。それなのに、先生は褒めてくれない。

  考試拿了滿分。儘管如此老師卻不誇獎我。

② それでも 🎧 212

即使這樣，即便如此（逆接）

- 太陽光発電は再生可能エネルギーだ。それでも、太陽光パネルは環境を汚染する。

  太陽能發電是再生能源。即便如此太陽能面板還是會污染環境。

- N1に合格できないかもしれない。それでも、チャレンジしてみたい。

  可能考不過 N1。即便如此還是想挑戰看看。

③ それが 🎧 213

那個啊，與你的期待有落差…（逆接）

- A：「昨日のトークショー、どうでしたか？」
  B：「それが、急用ができて行けなかったんですよ。」

  A：「昨天的脫口秀怎麼樣呢？」

  B：「那個啊，我昨天因為有急事所以沒辦法去。」

- A：「ポストカードもう届いた？」
  B：「それが、まだですよ。住所は正しく記入した？」

  A：「明信片寄到了嗎？」

  B：「那個啊，還沒耶。你住址有寫對嗎？」

接續詞
④ だが（硬、書面）／しかし（ながら）／だけど（口語）

但是（逆接）

- 準決勝で負けてしまった。だが、いい経験ができた。

  雖然我準決賽輸了，但是有了個很棒的經驗。

- 外見だけで人を判断してはならない。しかしながら、外見も第一印象として極めて大切だ。

  不能以貌取人。但是，外表作為第一印象也是非常重要的。

- 3 時間も待った。だけど、彼女は来なかった。

  我等了 3 個小時，但她沒有來。

接續詞 ⑤ それにもかかわらず／にもかかわらず

儘管如此（逆接）

・彼はまだ高校生だ。<u>それにもかかわらず</u>、もう100万人以上のフォロワーがいる。

他還是高中生。儘管如此，追蹤者已經破百萬了。

・台風で雨も風も強かった。<u>にもかからわず</u>、多くの人が波を見に、海に行った。

因為颱風風強雨大。儘管如此，還是很多人去海邊觀浪。

接續詞 ⑥ そのくせ

明明這樣另一方面卻（逆接；帶有強烈批判之意）

・彼は他人に迷惑をかけても全く反省しない。<u>そのくせ</u>、他人の揚げ足ばかり取っている。

他即使給人添麻煩也從不反省。但另一方面，卻又總是愛抓別人小辮子。

接續詞 ⑦ ところが

雖然這樣，但令人意外的是（逆接）

・パクチーはおいしいし、栄養価値も高い。<u>ところが</u>、嫌いな人は結構いる。

香菜既好吃，營養價值也高。但是，討厭的人卻蠻多的。

・私は3時間かけてもこの問題を解けなかった。<u>ところが</u>、息子はわずか5分で解いてしまった。

我花了三小時也解不出這題。但是，兒子只用了五分鐘就解出來了。

**とはいえ／とはいうものの／
そうはいっても／そうはいうものの** 218

雖說如此

- オミクロン株は他の変異株と比べて重症化リスクは低いという。<u>とはいえ</u>、油断してはならない。

  Omicron 病毒株與其他變異株相比，據說重症化風險較低。雖說如此，還是不可輕忽大意。

- 確かに文法を勉強しなくても、言語を習得できる。<u>そうは言っても</u>、大人が効率的に言語を学ぶには、文法の勉強は必要だ。

  的確不唸文法還是可以學會語言。雖說如此，成人要有效率地學語言，還是需要學文法。

 それなら／それでは 219

①那樣的話（順接，條件→結果）　②那麼（切換話題：僅それでは）

- Ａ：「Ｍサイズはどうでしょうか？」
  Ｂ：「ちょっと小さかったです。」
  Ａ：「<u>それなら</u>Ｌサイズを試着してみてはいかがでしょうか。」

  Ａ：「Ｍ號可以嗎？」
  Ｂ：「有一點小。」
  Ａ：「那要不要試試看Ｌ號？」

- Ａ：「私は1989年生まれです。」
  Ｂ：「<u>それでは</u>、同い年ですね！」

  Ａ：「我是 1989 年出生。」
  Ｂ：「那樣的話，與我同年呢！」

- <u>それでは</u>、時間となりましたので、会議を始めたいと思います。

  那麼，時間也差不多了，我想可以開始會議了。

接續詞 ⑩ それで 🎧220

①因此（順接，因果關係） ②繼續往下詢問（口語常省略為で）

・運動不足で 10 キロも太ってしまいました。<u>それで</u>今ダイエットをしています。

　因為缺乏運動我胖了十公斤之多。因此我現在在節食。

・寝坊して電車に乗り遅れました。<u>それで</u>会議に遅れたんですよ。

　我今天睡過頭沒趕上電車，因此會議才遲到。

・A：「昨日元カレと食事したのよ。」

　B：「<u>で</u>、何か話した？」

　A：「我昨天跟前男友吃飯了耶。」

　B：「然後，有聊什麼嗎？」

・A：「家の近くに新しいスーパーができたよ。」

　B：「<u>それで</u>？」

　A：「そこでバイトしようかなと。」

　A：「家裡附近開了一家新超市。」

　B：「啊然後咧？」

　A：「想說是不是去那裡打工。」

そこで 🎧⌢221

因此（順接，因果關係）

- 面接までまだ1時間あった。<u>そこで</u>、喫茶店に入って待つことにした。

  離面試還有 1 小時，所以我就決定先進咖啡廳裡等了。

- クマがこちらに近づいてきた。<u>そこで</u>、猟銃で射殺した。

  熊朝我這邊靠近了。於是我就用獵槍射殺了牠。

したがって／（それ）ゆえに／よって 🎧⌢222

因此（順接，因果關係）。「したがって」比起「だから」生硬，帶有客觀論說語氣，「ゆえに」及「よって」則更加生硬，常用於科學論文、正式報告等論說文體。

- 彼は出張で先月はずっと東京にいた。<u>したがって</u>、犯人は彼ではない。

  他因為出差上個月都在東京，因此犯人不是他。

- X は 2 の倍数でありながら 3 の倍数でもある。<u>故に</u>、X は 6 の倍数である。

  X 既是 2 的倍數也是 3 的倍數。故 X 是 6 的倍數。

- イケメンはみんないい人だ。ヒロシはイケメンだ。<u>よって</u>、ヒロシはいい人だ。

  帥哥都是好人。Hiroshi 是帥哥。因此，Hiroshi 是好人。

接續詞

⑬ そういえば 🎧223

說到這我突然想到…（轉換話題）

- 山本先生は若いころ、モテモテだったらしいよ。<u>そういえば</u>、彼は今日学校に来てないね。

  山本老師年輕時好像很受歡迎呢！話說，他今天沒來學校呢！

- 仕事が多くてさ、大変だったんだよ。<u>そういえば</u>、先週出張で東京に行ってきたよ。

  工作超多的累死人。話說，我上週剛去東京出差回來喔。

接續詞

⑭ それはそうと 🎧224

先別說這個了（轉換話題）

- ～～（前面的話題）。<u>それはそうと</u>、アメリカ出張はどうでしたか？

  是說，美國出差怎麼樣啊？

- ～～（前面的話題）。<u>それはそうと</u>、この前お願いした報告書はできましたか？

  是說，之前拜託你的報告書做好了嗎？

接續詞

⑮ すなわち 🎧225

用別的方式定義、解釋、也就是說（換句話說）

- 国連は 2015 年に SDGs、<u>すなわち</u>持続可能な開発目標を採択した。

  聯合國在 2015 年通過了 SDGs，也就是永續發展目標。

- 次回の台湾マラソン大会は台湾の首都、<u>すなわち</u>台北で開催される。

  下一次的台灣馬拉松大賽將在台灣的首都，也就是台北舉行。

接續詞 ⑯ 要するに／つまり 🎧226

總而言之，也就是說（歸納、換句話說）。「つまり」可用於單純換句話說、或加入一點個人想法做歸納，而「要するに」不用於單純換句話說。

- 彼は自分さえよければ他人はどうでもいいんですよ。<u>要するに／つまり</u>、自己中心的な人です。

  他只要自己好就好，別人死活他都沒差。總之，就是個自我中心的人。

- この川より北、<u>つまり（○）／要するに（×）</u>この大陸の北半分は昔ヒロシ王国の領土でした。

  這條河以北，也就是這塊大陸的北半邊以前是 Hiroshi 王國的領土。

- 部下の失敗は上司の責任です。<u>つまり</u>、あなたが全責任を負うんです。

  部下的失敗就是上司的責任。也就是你要負起全部責任。

接續詞 ⑰ いわば 🎧227

如果要比喻的話、某層面上來說（換句話說）

- ピカチュウは、ポケモンの世界では、<u>いわば</u>神様のような存在だ。

  皮卡丘在寶可夢的世界中，就像是神一般的存在。

- 京都に留学していたので、京都は、<u>いわば</u>僕の第二の故郷だ。

  因為我在京都留學，京都可以說是我的第二故鄉。

⑱ ということは 🎧228

也就是說，這麼說來（換句話說、推論）

- 小林さんも同性愛結婚に賛成しているんですか？ということは、我々は同じ立場なんですね。

  小林桑也贊成同性婚姻嗎？也就是說，我們都站在同一個立場囉。

- 部長は来られなくなったんですか？ということは、全員揃ってるってことですね。

  部長不能來了嗎？那也就是說，我們全員到齊囉？

⑲ というのは／というのも 🎧229

追加理由的說明（補充不足的資訊）。後方常以「〜んだ」「〜からだ」「〜て」「〜ためだ」這些表示理由的形式結尾。

- 明日映画を見に行けなくなっちゃったんだ。というのは、急用ができちゃって。

  我明天不能去看電影了。會這樣是因為突然有急事的關係。

- 私は納豆を食べません。というのは、ねばねばした食べ物が苦手なんですよ。

  我不吃納豆。這是因為我不太喜歡黏黏的食物。

- 最近韓国語を勉強していません。というのも、本の執筆で時間が足りないからです。

  最近我沒有唸韓文。會這樣也是因為寫書造成時間不夠的關係。

接續詞 ⑳ なぜなら／なぜかというと／なんでかというと／どうしてかというと 🎧230

特別針對前述的狀況交代理由，後方也常以「～からだ」這種表示理由的句尾結束。其中なぜなら偏硬較常用在正式文體。其他三句構為「なぜ／なんで／どうして（為什麼）」＋「か（疑問助詞，呢）」＋「というと（說到這個的話）」。

・ 私は死刑に反対です。なぜなら、冤罪の可能性もあるからです。

  我反對死刑。理由是因為也可能有冤案。

・ 私は会社を辞めることにした。なんでかというと、上司と仲が悪くて仕事に行くのが辛いからだ。

  我決定辭職了。理由是因為我跟上司處不好去公司很痛苦的關係。

・ いつまで経っても暴力はなくならない。なぜかというと、人間は感情的な生き物だからだ。

  暴力不管到什麼時候都不會消失。為什麼呢？因為人類是有情緒的生物啊。

接續詞 ㉑ ただし 🎧231

但是，表示但書，針對前面資訊做例外或補充說明。口語更常使用「ただ」。

・ 外出してもかまわない。ただし、必ず9時までに帰ること。

  外出沒有關係，不過必須在9點以前回來。

・ 日本語教師募集。ただし、経験のある方に限ります。

  招募日語老師。不過僅限有經驗者。

・ お酢は体にいいとされています。ただし、飲みすぎると逆効果です。

  一般認為醋對身體很好。不過喝太多會造成反效果。

・ あの子は滑舌がよくて、役者に向いてると思う。ただ、人の前では緊張しやすい。

  那孩子咬字很好，我覺得很適合當演員。不過，她在人前容易緊張。

接續詞
㉒ なお 🎧232

另外，針對前面資訊做追加說明。

- それではＱ＆Ａにまいります。質問のある方は、挙手をお願いします。**なお**、ご発言の際は、まず所属とお名前を述べてください。

  那麼我們進入 QA 時間。要提問的來賓麻煩請舉手。另外，發言時請先告知所屬單位及姓名。

- 希望される方は電子メールで申し込んでください。**なお**、定員になり次第締め切ります。

  有意者請用電子郵件報名。另外，一旦額滿報名就截止。

接續詞
㉓ もっとも 🎧233

但是（肯定前方論述，但針對例外、條件限制等作補充說明）。

- 毎日スマホゲームをしています。**もっとも**、期末試験期間中はしませんが。

  我每天都在玩手遊。不過期末考期間是不會玩的。

- 来年ワーキングホリデーに行こうと思います。**もっとも**、ビザが取れればの話ですが。

  我明年想去打工渡假。不過前提是要先取得簽證。

接續詞
㉔ ちなみに 🎧234

附帶一提（話題轉換），與「ところで（題外話，大幅切換話題）」用法類似。

- がんで亡くなる患者数は年間３万人ぐらいです。**ちなみに**、大腸がんで亡くなる患者数は近年、増加傾向にあります。

  因癌症而死亡的病患一年約三萬人。順帶一提，因大腸癌過世的病患近年來有增加的趨勢。

- 京阪電車の終点は出町柳です。**ちなみに**、私は京大にいた時、その近くに住んでいました。

  京阪電車的終點是出町柳。順帶一提，我在京大的時候，就住在那附近。

- 今週、ずっと雨が降っていますね。**ところで**、最新の映画『ヒロシの大冒険』を見に行きましたか？

  這週一直在下雨耶。話說，最新的電影『Hiroshi 的大冒險』，你去看了嗎？

接續詞
㉕ さて 🎧235

轉換成下一個話題，也常用於拉回自己想要的主題或正題上。

- もう６時か。**さて**、そろそろ晩ご飯を食べに行こっか！

  已經 6 點了啊。那麼，來去吃晚餐吧！

- 100 円のジュース２本と、50 円のおにぎりを３つ買います。キャンペーン中で飲み物が 20％オフです。**さて**、全部でいくらですか？

  要買 100 圓的果汁兩瓶，以及 50 圓的御飯糰三個。現在活動中飲料打八折。那麼，全部是多少錢呢？

- 以上、大統領選挙の特集でした。**さて**、天気予報を見てみましょう。

  以上是總統選舉的特別報導。那麼，我們來看天氣預報吧。

接續詞
㉖ すると 🎧236

用法1：敘述接著馬上發生的事（≒そうすると、そうしたら、そしたら）。

・その男に得体の知れない液体を飲まされた。すると、体が縮まっていった。

　我被那個男的硬是灌下了神秘的液體。然後，我的身體就開始縮小。

・野生のコブラを触ってみた。すると、右手を噛まれてしまった。

　我試著摸看看野生的眼鏡蛇。然後，我右手就被咬了。

用法2：代表判斷結果（也常用だとすれば、だとすると、だとしたら）

・A：「さっき家に帰ったよ。」

　B：「すると、今オフィスには誰もいないわけだね。」

　A：「我剛回家了喔。」

　B：「所以，現在辦公室沒有半個人，對吧？」

・A：「来週、超大型の台風が来るらしいよ。」

　B：「え？だとすれば、遠足に行けなくなるかもしれない。」

　A：「下週好像有超大颱風要來耶。」

　B：「欸？這樣的話可能沒辦法去遠足了。」

接續詞 ㉗ しかも／その上／それに加えて／おまけに 🎧237

疊加的意涵，表示除此之外。其中「おまけに」較為口語。

- あの店のラーメン定食はボリュームたっぷりだ。<u>しかも</u>、ドリンク飲み放題だからお得だね。

  那間店的拉麵套餐份量很夠。而且飲料喝到飽很划算喔。

- 今日はめちゃくちゃ寒いね。<u>しかも</u>、雨が降ってるから家を出たくない。

  今天超級冷耶。而且還下雨真不想出門。

- この部屋は日が当たらないので一日中暗い。**おまけに**、夜になるとお化けが出る。

  這間房間日光照不進來所以整天都很暗。而且到了晚上還會鬧鬼。

- このレストランの料理はまずい。**おまけに**、値段が高いから客はあまり来ない。

  這間餐廳的料理很難吃。而且價位還很高所以客人不太來。

N2 文法模擬試題暨詳解（第一回）

問題 1：請選出底線處最適合放入的選項

1. 嫌な仕事はついつい後回しにして ＿＿＿＿＿＿＿＿ が、放っておくとストレスになるので、早いうちに済ませておいたほうがいいと思います。
   - A) しまいかねません
   - B) しまうほかありません
   - C) しまうとは限りません
   - D) しまいがちです

2. 佐藤「青木さん、お久しぶり。先月テレビ局に転職したんだって。美人の同僚もたくさんいるんだろう。羨ましいな。」
   青木「佐藤さん、お久しぶり。いや、僕の知る ＿＿＿＿＿＿＿＿ 、今の部署には女性社員は一人もいないんだよ。」
   - A) 限りでは
   - B) ばかりでなく
   - C) ことだから
   - D) うちに

3. 物価が上がる ＿＿＿＿＿＿＿＿ 、収入はまったく増えないと嘆く人が多い。
   - A) だけあって
   - B) にかかわらず
   - C) 一方なのに
   - D) のもかまわず

4 会社を辞めて起業すると ＿＿＿＿＿＿＿＿、事業が軌道に乗るまで頑張る
しかない。

A) 決めたうえで

B) 決めたからには

C) 決めてからでなければ

D) 決めたばかりに

5 小林「ここ最近は、毎日暑くて暑くて。家を出るのも億劫になりますね。」
斎藤「本当にそうですね。毎日こんなに ＿＿＿＿＿＿＿＿ ですよ。」

A) 暑い次第

B) 暑いわけじゃない

C) 暑くてはかなわない

D) 暑いとばかりは言えない

6 （ホームページで）先着順で定員に ＿＿＿＿＿＿＿＿、締め切らせていた
だきますので、参加をご希望の方はお早めにお申し込みください。

A) なりつつあって

B) ならないうちに

C) なり次第

D) なった以上

7 小林課長は熱がある ＿＿＿＿＿＿＿＿、休まずに働き続けている。

A) にかかわらず

B) にもかかわらず

C) によらず

D) を問わず

8 方法さえ正しければ、海外に行く ＿＿＿＿＿＿＿＿ 外国語をマスターする
ことも不可能ではない。

    A) ことだから

    B) ものなら

    C) ことなく

    D) としても

9 ヒロシ先生は日本語の教師ですが、実は画家 ＿＿＿＿＿＿＿＿ 活躍してい
ます。

    A) としては

    B) としても

    C) としたら

    D) にしては

10 このホテル、外観は ＿＿＿＿＿＿＿＿ 部屋の中はとても綺麗で居心地がい
いですよ。

    A) ともかくとして

    B) もとより

    C) いいどころか

    D) ぬきにしては

11 小林「佐藤さんはネットで服を買ったことがありますか？」

佐藤「私はあまりネットで服を買いませんね。現物を ＿＿＿＿＿＿＿＿ 、
自分に合うかどうか判断できませんから。」

    A) 見てもよさそうなのに

    B) 見たからいいようなものの

    C) 見てからでないと

    D) 見たからといって

12 私は、金さえあれば幸せになれる ＿＿＿＿＿＿＿＿ 、実際にお金持ちの話を聞いてそうともかぎらないと知った。

A) ものだとばかり思っていたが

B) ことでもないと思っていたのに

C) はずもないと思っていたからこそ

D) わけだと思うわりには

問題2：請將選項排序後，選出放入星號處的選項

1 通訳という仕事は、確かに＿＿＿＿ ＿＿＿＿ ★ ＿＿＿＿が、やりがいがある仕事なので頑張っていきたいです。

　　1. しんどいです　　　　　　　　2. こと

　　3. は　　　　　　　　　　　　　4. しんどい

2 ヒロシ元首相は、今回の汚職事件に対し、＿＿＿＿ ＿＿＿＿ ★ ＿＿＿＿と語った。

　　1. 言いようがない　　　　　　　2. 遺憾

　　3. しか　　　　　　　　　　　　4. と

3 怪我で＿＿＿＿ ＿＿＿＿ ★ ＿＿＿＿試合に負けてしまった。

　　1. まま　　　　　　　　　　　　2. 出しきれない

　　3. 実力を　　　　　　　　　　　4. 勝てたはずの

4 オリンピックで＿＿＿＿ ＿＿＿＿ ★ ＿＿＿＿努力を重ねていかなければならない

　　1. 限りの　　　　　　　　　　　2. ためには

　　3. できうる　　　　　　　　　　4. メダルを獲得する

5 コロナ発生から＿＿＿＿ ＿＿＿＿ ★ ＿＿＿＿ほど、ウイルスは今もなお猛威を振るっている。

　　1. 新しい変異株による　　　　　2. 3年が経とうとしているのに

　　3. 感染拡大が懸念される　　　　4. 事態は収束するどころか

問題３：請閱讀下面文章，從文意中選出最適合各空格的答案

　ご存じのように、異常気象は人類の存続を脅かす大きな脅威であり、一刻も早く対策を講じなければならない深刻な問題である。世界各国の努力 1 、地球温暖化はかつてないほどのスピードで進んでいる。異常気象は地球温暖化と密接な関係があると考えられているため、このまま放っておくと、取り返しのつかない事態に 2 。異常気象を解決するためには、その根本的な原因である地球温暖化を食い止めるしかない。 3 、温室効果ガスを削減することは思うほど簡単ではなく、場合によっては大きな代償を伴う。現に、経済成長の減速につながる 4 と危惧する声もある。経済成長と環境保護をいかに両立させるかが、先進国に 5 待ったなしの課題と言えよう。

1 1. かと思ったら　2. のかいもなく　3. 次第では　　　4. ばかりか

2 1. なりがちだ　2. なりたてだ　　3. なりかねない　4. なる一方だ

3 1. そのため　　2. そうすれば　　3. それどころか　4. そうは言っても

4 1. ではないか　2. のではないか　3. ではあるまい　4. のではあるまい

5 1. 対して　　　2. とって　　　　3. 伴って　　　　4. あたって

1 正解：D

中譯：令人討厭的工作總是容易不小心拖到後面才做，但放著不管會造成心理壓力，所以我覺得還是趁早做完比較好。

選項意思：
A) 搞不好會變成這樣
B) 只能這樣
C) 不一定會這樣
D) 往往容易這樣

2 正解：A

中譯：佐藤｛青木好久不見。聽説你上個月換工作去電視台阿。應該很多美女同事吧。好羨慕阿。｝青木｛佐藤好久不見。不，就我知道的來説，現在我這個部門女性員工一個人也沒有喔。｝

選項意思：
A) 在 ~ 範圍、限度而言
B) 不只
C) 因為是 ~~ 所以應該 ~~
D) 趁著

3 正解：C

中譯：很多人嘆息説，明明物價一直上升但收入卻一點都沒有增加。

選項意思：
A) 不愧是、正因為
B) 不論
C) 明明一直 ~
D) 完全不在意、理會

説明：小心不要選成 B，若要表示儘管、但是的意思，需使用「～にもかかわらず」。

4 正解：B

中譯：既然決定要辭職創業，在事業上軌道之前也只能加油了。

選項意思：

A) 要決定之後才 ~
B) 既然決定了
C) 不先決定就 ~
D) 只因為決定了 ~ 而（產生不好結果）

5 正解：C

中譯：小林｛最近每天都熱得要死，連要出門都覺得很煩耶。｝齋藤｛真的是這樣。每天這麼熱的話真的受不了。｝

選項意思：
A) 很熱的原委
B) 並不是很熱
C) 這麼熱的話受不了
D) 不能一概而論很熱

6 正解：C

中譯：（官網上）採報名順序，一到設定的人數我們就會截止受理，想參加的民眾請早點報名。

選項意思：
A) 慢慢變成
B) 趁還沒變成
C) 一變成 ~ 就
D) 既然已經變成

7 正解：B

中譯：儘管小林課長發燒了，還是不休息繼續工作。

選項意思：
A) 不論
B) 儘管
C) 不依據
D) 不問

8 正解：C

中譯：只要方法正確，不去國外就精通外語也並非不可能。

選項意思：
A) 因為是 ~
B) 如果 ~ 的話
C) 不做這件事
D) 就算是 ~

9 正解：B

中譯：Hiroshi 老師是日文教師，但其實作為畫家也是很活躍的。

選項意思：

A) 作為～的話

B) 作為～也

C) 若假設～

D) 以～來看的話

10 正解：A

中譯：這家旅館外觀先不論，房間裏頭很漂亮非常舒服喔。

選項意思：

A) 先不論～

B) 就不用説了（本來就是）

C) 豈止很好

D) 拿掉～的話

説明：小心若選 B 的話，後面助詞應該是「も」而不是「は」，因為「は」有對比的意涵。

11 正解：C

中譯：小林 { 佐藤你有網購衣服過嗎？} 佐藤 { 我不太在網路上買衣服耶。因為如果不先看過實物，我無法判斷適不適合自己。}

選項意思：

A) 明明就算看也感覺很好的説

B) 雖然好在有看了

C) 不先看過的話

D) 雖説看過

12 正解：A

中譯：我本來一直覺得只要有錢就可以幸福，但實際聽了有錢人説的話之後，才知道也不見得是這樣。

選項意思：

A) 一直都覺得是這樣

B) 明明當時覺得並不是這樣的事情

C) 正因為本來覺得不可能這樣

D) 以認為是這樣的邏輯道理來看

問題 2

1 正解：3

正確排序：4231

中譯：口譯這個工作，的確累是累啦，但因為工作很有意義之後還是想繼續加油下去。

策略：熟悉常用句型「～ことは～が」，且前後使用同一單字時前者務必要用常體修飾。

2 正解：3

正確排序：2431

中譯：Hiroshi 前首相對於這次的貪污事件，表示「也只能説是遺憾了」。

策略：熟悉常用句型「～としか言いようがない」，注意助詞擺放順序。

3 正解：1

正確排序：3214

中譯：因為受傷所以在一直都無法完全發揮實力的狀況下，輸掉了本來可以贏的比賽。

策略：注意「～ないまま」是常用的組合，而「実力を出す」也是常用的搭配詞，最後的「試合」可以用「～はずの」來連接。

4 正解：3

正確排序：4231

中譯：要在奧運奪牌，必須進行所有能夠做到的努力。

策略：「ためには（為了達成～）」前方要放意志性的動詞辭書形，而第四個空格前方要接可以修飾名詞的詞類，3 與 1 均可的情況下，1 必須靠 3 修飾因此第四格為 1。前後剛好分為「為了完成某目標」及「所需的條件」兩部分。

5 正解：1

正確排序：2413

中譯：新冠病毒出現後已經快過３年了，但疫情不但沒有趨緩，大眾反而擔憂新的變異株造成感染擴大，病毒現在仍繼續肆虐中。

策略：注意１（因為新變種病毒造成的～）後方要修飾名詞，句意上３是最通順的。另外，第一格因為時間起點的「から」後方接２最合適（自從～～快要三年），而４不能放最後一格連接「ほど」因此只能夾在中間。

問題 3

中譯：如同大家所知道的，極端氣候是人類生存的一大威脅，也是必須盡早採取對策的嚴重問題。世界各國的努力也未見成效，全球暖化正以前所未見的速度加劇中。因為一般認為極端氣候與全球暖化有密切的關係，這樣放置不管的話，有可能會造成無法挽回的結果。要解決極端氣候，也只能從阻止其根本原因也就是全球暖化著手。話雖如此，減少溫室氣體並沒有想像得那麼簡單，有時候也要付出很大的代價。實際上，目前就有一些聲音擔心這會不會造成經濟成長降溫。經濟成長與環境保護該如何並存，對先進國家而言可說是刻不容緩的議題吧。

1 正解：2

選項意思：

1. 才想說是不是～結果～
2. 徒勞無功
3. 端看～，也可能會～
4. 不只

2 正解：3

選項意思：

1. 往往容易變成這樣
2. 才剛變成這樣

3. 恐怕變成這樣
4. 一直變成這樣

3 正解：4

選項意思：

1. 因此
2. 如此的話
3. 豈止如此
4. 雖說如此

4 正解：2

選項意思：

1. 這不就～
2. 會不會這樣呢
3. 應該不是
4. 應該不是

補充：選項３及４必須改成「～のではあるまいか（難道不會～嗎）」，意同「～のではないだろうか」，常用於委婉主張或表達推測。

5 正解：2

選項意思：

1. 對～進行
2. 對～來說
3. 伴隨著
4. 之際

N2 文法模擬
試題暨詳解
（第二回）

問題 1：請選出底線處最適合放入的選項

1 熱中症は危険な病気であり、場合 ＿＿＿＿＿＿ 命を落とすこともある。

A) に応じて

B) によっては

C) に限って

D) だけでなく

2 コロナ禍で観光客が減る ＿＿＿＿＿＿ 、旅行会社は存続の危機に立た

されている。

A) 反面

B) ぐらいなら

C) がちで

D) 一方で

3 佐藤：「今晩花火大会があるけど、一緒に行かない？」。

小林：「今 ＿＿＿＿＿＿ んだ。今日中にレポートを完成させないとい

けなくて。」

A) そればかりじゃない

B) そうするとは限らない

C) それどころじゃない

D) そうするよりほかはない

4 この博物館の入場料は、年齢や国籍にかかわりなく、学生 _____ 半額になる。

A) でありながら

B) でもあって

C) でいる場合しか

D) でさえあれば

5 この製品には有毒な成分が含まれているので、取扱説明書をしっかり _____ 上でご使用ください。

A) お読みする

B) お読みになる

C) お読みした

D) お読みになった

6 店員：「お客様、お会計がまだですけど。」

顧客：「あ、すみません。 _____ けど、気を取られて忘れてました。」

A) 払ったつもりだったんです

B) 払わないつもりだったんです

C) 払うつもりなんです

D) 払ったつもりなんです

7 え？ピザを５つも注文したの？２人だけじゃ _____ じゃない。

A) 食べきれないこともない

B) 食べきれるわけがない

C) 食べきれないとは言いがたい

D) 食べきれてもおかしくない

8 使うこともない体育館をこんなに建てるなんて税金の無駄遣いだと＿＿＿＿＿＿＿＿。

A）　言わざるをえない

B）　言いようがない

C）　言いがたい

D）　言う恐れがある

9 小林選手は世界ランキングこそ低いものの、決して侮ってはいけない。調子がいいときは世界チャンピオン＿＿＿＿＿＿＿＿負けてしまうから。

A）　とは

B）　ときたら

C）　ぐらいは

D）　だって

10 単語を覚えるときは、一気にたくさんの単語を＿＿＿＿＿＿＿＿、時間をかけて何回も見たり口に出したりすれば、自然に定着すると言われています。

A）　覚えることによって

B）　覚えなくては

C）　覚えようがなくて

D）　覚えようとせずに

11 木村「それでは質疑応答に入りたいと思います。ご質問のある方はいらっしゃいますか？」

佐藤「ヒロシ社の佐藤と申します。来月発売される商品 ProX について＿＿＿＿＿＿。」

A）　ご質問になってもよろしいでしょうか

B）　質問なさってはいかがでしょうか

C）　質問させていただいてもよろしいでしょうか

D）　質問してくださってはいかがでしょうか

12 仕事を辞めてからもう半年も経っているのに、新しい仕事はまだ見つかっていない。やっぱり ＿＿＿＿＿＿＿＿ と後悔している。

A）　辞めるんじゃなかった

B）　辞めるんだった

C）　辞めないでおこう

D）　辞めずにいたんだ

問題２：請將選項排序後，選出放入星號處的選項

1 昔に比べて＿＿＿＿ ＿＿＿＿ ★ ＿＿＿＿と思われる。

1. 犯罪が増えているのは　　　　2. 若者による

3. 今の教育に問題があるから　　4. にほかならない

2 同じ勉強をしていても、＿＿＿＿ ＿＿＿＿ ★ ＿＿＿＿大きな差が出てきます。

1. コツを知っているのと　　　　2. 試験でいい成績を取る

3. 知らないのとでは　　　　　　4. ための

3 小さい子供は、＿＿＿＿ ＿＿＿＿ ★ ＿＿＿＿ほうがいいと思う。

1. やった　　　　　　　　　　　2. 塾に通わせるよりも

3. 遊びたいだけ　　　　　　　　4. 遊ばせて

4 面接のときに、人生の中で＿＿＿＿ ＿＿＿＿ ★ ＿＿＿＿答えたらいいのでしょうか。

1. 一番重要なことは　　　　　　2. 何と

3. と聞かれたら　　　　　　　　4. 何か

5 歌手「ABC アワードの授賞式に参加するのは、＿＿＿＿ ＿＿＿＿ ★ ＿＿＿＿歌手としてではなく司会者として参加することになります。」

1. 5回目ですが　　　　　　　　2. 今回は

3. ただ　　　　　　　　　　　　4. 今回で

問題３：請閱讀下面文章，從文意中選出最適合各空格的答案

外国語が話せない 1 、旅行先で現地の人とコミュニケーションが取れず困ってしまったり、いい仕事のチャンスを逃したりした経験はありませんか？そんなあなたにぴったりのアプリをご紹介します。睡眠時間が長く、いつでもどこでも眠れる 2 睡眠の王様と呼ばれているヒロシ博士が開発したこのアプリは、リリースしてから１か月足らずで、すでに100万回以上もダウンロードされています。アプリの使用方法はいたって簡単です。覚えたい単語をあらかじめ録音して保存しておくのです。 3 、寝ている間に録音された音声が自動的に再生され、知らず知らずのうちに音声情報が脳に取り込まれ、記憶として定着します。 4 、寝ながらにして難しい単語を覚えられるというわけです。もちろん、どんな人にも同じような効果があるという保証はないかもしれませんが、一度 5 。

1　1. ばかりだし　　2. ばかりに　　　3. ばかりで　　　4. ばかりは

2　1. ものだから　　2. ものなら　　　3. ことだし　　　4. ことから

3　1. そういうわけで　　　　　　　2. それをともかくとして
　　3. そうすると　　　　　　　　　4. それができたとしても

4　1. ちなみに　　　2. 要するに　　　3. ただし　　　　4. なお

5　1. 試してみないこともありません　　2. 試してみるに決まっています
　　3. 試してみるのではないでしょうか　4. 試してみてはいかがでしょうか

1 正解：B
中譯：中暑是很危險的疾病，有些情況下甚至會喪命。
選項意思：
A) 根據～做因應
B) 某些（情況）
C) 限制於
D) 不僅僅

2 正解：D
中譯：因為新冠疫情觀光客不斷減少，旅行社處在存亡的危機下。
選項意思：
A) 與～相反（另一方面）
B) 如果到這個程度
C) 往往容易～（接ます型）
D) 不斷

3 正解：C
中譯：佐藤 { 今晚有煙火秀耶，要不要一起去？} 小林 { 現在不是看煙火的時候啦。因為我今天必須要把報告完成。}
選項意思：
A) 不是只有那個
B) 不一定會那樣做
C) 不是做那件事的時候
D) 也只能那樣做

4 正解：D
中譯：這間博物館的入場費，不論年齡或國籍，只要是學生就是半價。
選項意思：
A) 一方面是（明明是）
B) 也是
C) 只有以這身份的情況下（後方接否定）
D) 只要是

5 正解：D
中譯：此產品含有有毒成份，請仔細閱讀使用說明書後再使用。
説明：AC 為謙讓語，而 BD 為尊敬語。此題為消費者的動作需選擇尊敬語。另外表示做完一件事後才怎樣要使用「た形」＋「上で」。

6 正解：A
中譯：店員 { 阿那位客人，您還沒結帳。}
顧客 { 阿不好意思，我以為我結過了，一分心就忘記了。}
選項意思：
A) 我以為我付過錢了
B) 我本來不打算付錢
C) 我之後打算付錢
D) 我認為我已經付錢了
説明：「つもり」前方放「た形」代表以為，而後方放過去時態代表當時的狀況。

7 正解：B
中譯：什麼，你叫了五個披薩？兩個人不可能吃得完不是嗎？
選項意思：
A) 也不是吃不完
B) 不可能吃得完
C) 很難（無法）説吃不完
D) 就算吃得完也不奇怪

8 正解：A
中譯：蓋這麼多用不到的體育館，不得不說是浪費稅金阿。
選項意思：
A) 不得不說
B) 沒有方法說
C) 無法這樣說
D) 恐怕會說
注意：B 若改成「～としか言いようがない（只能這樣説）」則也可以使用

9 正解：D

中譯：小林選手雖然世界排名很低，但絕不能小看。因為他狀況好的時候連世界冠軍都會輸。

選項意思：
A) 所謂的、居然
B) 講到 ~
C) 這種低程度的 ~
D) 連（口語；＝でも）

10 正解：D

中譯：背單字的時候，不要試圖一口氣背很多單字，如果花時間看好幾次或是開口唸，據說就可以自然記得了。

選項意思：
A) 透過背
B) 不背的話
C) 沒辦法背
D) 不試圖去背

説明：「～ようとする」意思為試圖去做一件事，「～せずに」＝「～しないで（不這樣做）」。

11 正解：C

中譯：木村 { 那我們進入 QA 時間，有來賓要提問嗎？} 佐藤 { 我是 Hiroshi 公司的佐藤，我可以針對下個月要販售的 ProX 產品提問嗎？}

選項意思：
A) 您提問也可以嗎
B) 您提問不知道如何呢
C) 承蒙您讓我提問也可以嗎
D) 您為我提問不知道如何呢

12

正解：A

中譯：辭職後已過了半年之久，但新的工作還沒找到。我很後悔當時不應該辭職的。

選項意思：
A) 不應該辭職的
B) 應該要辭職的
C) 先不要辭好了

D) 原來當時一直沒辭

説明：「～ないでおこう」代表為了某個目的先不要怎樣，而「～ずにいる」代表處在沒有怎樣的狀態。

問題 2

1 正解：3

正確排序：2134

中譯：跟以前相比，年輕人犯罪增加我客觀認為無非是因為現今教育出了問題。

策略：21 結合性很強，因為「A による B」中 A 代表 B 的行為主體，另外「C からにほかならない」則代表無非就是因為 C，因此 34 結合性也很強。且 21 以「のは」結尾代表主題，必須在述語的 34 前方。

2 正解：1

正確排序：2413

中譯：同樣的方式念書，知道在考試中獲取好成績的訣竅與不知道之間，會有很大的差距。

策略：4 後方要接名詞，而前方要接常體，因此 241 可以先確定下來（意思是為了要在考試中獲取好成績的訣竅）。而「A と B とでは」中的「で」是限定範圍，意思是 A 跟 B 兩個來比的話。

3 正解：4

正確排序：2341

中譯：小孩子比起讓他去補習，我覺得讓他盡情玩樂比較好。

策略：「～てやる」代表上位者對下位者的恩惠，而「動詞たい＋だけ＋動詞」則為盡情做某動作到自己想做的程度，這兩塊確定下來之後大致排序也決定了。

4 正解：3

正確排序：1432

中譯：面試時若被問到人生中最重要的事情是什麼時，該回答什麼比較好呢？

策略：第四格由於接在「答える」前，與尾巴含有表內容「と」的2很合，另外「一番重要なことは何か（最重要的事情是什麼）」為間接問句，後方接表示內容的「と」很合。

5 正解：3

正確排序：4132

中譯：參加 ABC 大獎頒獎典禮這次是第五次了，但這次我並不是以歌手身分，而是以主持人身分參加。

策略：看到出現次數，前方適合連接代表基準的「で」因此 41 可連接在一起，另外「今回は」特別對比不同於以往，前方適合有轉折詞「ただ（但）」。

問題 3

中譯：只因為不會說外語，導致在旅遊地無法與當地人溝通很困擾，或是錯過好的工作機會，這樣的經驗您有嗎？想為您介紹很適合這樣的您的 APP。因為睡眠時間很長，不論何時何地都能入眠而被稱為睡眠國王的 Hiroshi 博士所開發的這款 APP，上架後不到一個月就已經超過一百萬次下載。APP 的使用方式相當簡單，將想要牢記的單字先錄音後存檔就行。如此一來，在睡覺的時候，錄好的聲音就會自動撥放，不知不覺之中聲音資訊就會被大腦給吸收，以記憶的方式深植於大腦。簡單來說，就是一邊睡覺就能一邊記下很難的單字這樣。當然，可能沒辦法保證不同人都能有一樣的效果，但要不要嘗試一次看看呢？

1 正解：2

說明：表示只因為某個原因就引發不好的結果要使用「ばかりに」。

2 正解：4

選項意思：

1. 因為這個客觀原因
2. 如果 ~
3. 一方面因為這樣
4. 從這件事情（由來、根據）

說明：一般解釋名稱由來會使用「ことから」，「ものだから」通常用於解釋客觀的原因，像是因為公車誤點所以遲到之類的。

3 正解：3

選項意思：

1. 因為那個理由
2. 那先不論
3. 那樣的話
4. 就算那件事能夠做到

4 正解：2

選項意思：

1. 順帶一提
2. 總之、簡單來說
3. 不過（但書）
4. 另外（追加說明）

5 正解：4

選項意思：

1. 也不是不嘗試看看
2. 當然會嘗試看看
3. 應該會嘗試看看吧
4. 嘗試看看不知道您覺得如何呢

索引

句型索引

接續詞索引

MEMO

JLPT 新日檢文法實力養成：N2 篇（內附 MP3 音檔、
模擬試題暨詳解）/Hiroshi(林展弘) 著 . -- 初版 . -- 臺
北市：日月文化 , 2022.11
　面；　公分 . -- (EZ Japan 教材 13)

ISBN 978-626-7164-67-9（平裝）

1.CST: 日語　2.CST: 語法　3. CST: 能力測驗
803.189　　　　　　　　　　　　111015001

JLPT新日檢文法實力養成：N2篇
（內附MP3音檔、模擬試題暨詳解）

作　　者： Hiroshi
主　　編： 尹筱嵐
編　　輯： 尹筱嵐
校　　對： Hiroshi、笹岡敦子、黑田羽衣子、蘇星王、尹筱嵐
版型設計： 謝捲子
封面設計： 曾晏詩
內頁排版： 簡單瑛設
錄　　音： 今泉江利子、吉岡生信
行銷企劃： 陳品萱

發 行 人： 洪祺祥
副總經理： 洪偉傑
副總編輯： 曹仲堯
法律顧問： 建大法律事務所
財務顧問： 高威會計師事務所

出　　版： 日月文化出版股份有限公司
製　　作： EZ叢書館
地　　址： 臺北市信義路三段151號8樓
電　　話： (02) 2708-5509
傳　　真： (02) 2708-6157
客服信箱： service@heliopolis.com.tw
網　　址： www.heliopolis.com.tw
郵撥帳號： 19716071日月文化出版股份有限公司

總 經 銷： 聯合發行股份有限公司
電　　話： (02) 2917-8022
傳　　真： (02) 2915-7212

印　　刷： 中原造像股份有限公司
初　　版： 2022年11月
定　　價： 420元
I S B N： 978-626-7164-67-9